Johann C.F. von Schiller

**Die Räuber**

Trauerspiel

Johann C.F. von Schiller

**Die Räuber**
*Trauerspiel*

ISBN/EAN: 9783743622807

Hergestellt in Europa, USA, Kanada, Australien, Japan

Cover: Foto ©Andreas Hilbeck / pixelio.de

Weitere Bücher finden Sie auf **www.hansebooks.com**

# Die
# Räuber.

---

## Trauerspiel,

von

## Friedrich Schiller.

---

Für die Berliner Bühne bearbeitet,

von

## C. M. Plümicke.

---

Berlin, 1783.
In Commission, bei Friedrich Maurer.

# Vorbericht.

Die meisterhafte Vorrede vor der ersten Aus=
gabe, worinn jedoch, (wie ein schöner Geist uns=
längst versicherte) das Genie zu Zeiten mit der
Philosophie davon läuft, giebt den Leitfaden an die
Hand, nach welchem der Verfasser dieses Schau=
spiel, das nur die*Vortheile der dramatischen
Methode benutzte, um die Seele gleichsam bei
ihren geheimsten Operationen zu ertappen, selbst
in Absicht der Moralität, beurtheilt wissen will.
Der Werth des Stücks bleibt entschieden, was
auch Schwachherzige dagegen sogern aufbringen
möchten. "Der Pöbel in allen Ständen wurzelt
zum Unglück weit um sich und giebt den Ton
an.    Noch so viel Freunde der Wahrheit mö=
gen zusammentreten, ihren Mitbürgern auf Kan=
zel und Schaubühne Schule zu halten: er wird
nie aufhören, Pöbel zu seyn, und wenn Sonne
und Mond sich wandeln und Himmel und Erde
veralten, wie ein Kleid.    Zu kurzsichtig, das
Ganze dieses Stücks auszureichen, zu klein=
geistisch, das Grosse darinn zu begreifen, zu
boshaft, das Gute desselben wissen zu wollen,
wird er vielleicht eine Apologie des Lasters, das
der Verf. zu stürzen suchte, darinn zu finden
meinen, und seine eigene Einfalt den armen
Dichter entgelten lassen, dem man gemeinig=
lich alles, nur nicht Gerechtigkeit wiederfaren
läfft." —

Die zweite Ausgabe brachte zwar das
Schillersche Stück der Möglichkeit theatrali=
scher Aufführung um ein grosses Theil näher,

hatte aber in dieſer Rückſicht bei weitem noch nicht genug geleiſtet, um es einer ganz guten Wurkung zu verſichern. Viele Scenen bedurften Verkürzung, der Dialog im Ganzen mehr Präciſion, und vornemlich diejenigen Stellen, worinn auf das Zeitalter des Stücks Hinſicht genommen war, ſorgfältige Berichtigung. In dieſer mir gleichſam abgedrungenen Bearbeitung that ich ſoviel, als mir (nach meiner ſeit mehreren Jahren erlangten Theaterkenntniß) ohne Verſtümmelung des vortreflichen, keiner eigentlichen Verbeſſerung fähigen, Originals, möglich war. Ich wählte überall den Mittelweg zwiſchen der erſten und Manheimer Ausgabe, ſuchte den Böſewicht Franz, den ich in einen Baſtard umſchuf, in Abſicht mehrerer ſeiner Handlungen zu motiviren, auch Karl Moor's Schickſal genauer zu beſtimmen. Hiedurch erhielt das Stück einige neue Expoſitionsſcenen und einen veränderten Schlus.

Die Wurkung bei der Aufführung war bekanntermaaſſen auſſerordentlich gros, ſelbſt des ſo ſehr beſchränkten Raums der Bühne ohngeachtet. Ob meine Bemühungen dem Stück im Ganzen Nachtheil oder Nutzen geſtiftet, kann und — darf ich nicht entſcheiden. Belohnung genug für mich, wenn Kenner die hinzugekommenen Scenen und übrigen beträchtlichen Veränderungen, dieſes kraftvollen Stücks nicht ganz unwürdig fanden!

Seiner Hochgebohrnen,

dem

Herrn Reichsgrafen

# Philipp von Kolowrat=Krakowsky

K. K. würkl. Kammerherrn, Appellations=

rath 2c. 2c.

gewidmet.

# Hochgebohrner Herr Reichsgraf!

Ich fand in den Schlözerischen Staats-anzeigen und dem zu Amsterdam her-ausgekommenen Prozes (des Gr. von Kolowr. 2c.) daß Ew. Hochgebohren, bei Gelegenheit einer Nonnenaufhe-bungs-Kommission, von der Chicane ei-niger Prälaten und deren Freunde sehr menschenfeindlich behandelt worden. In dem angeführten Prozes fand ich zugleich einige von Ew. Hochgebohren verfaß'ten Aufsätze, die mir eben so viel Ehrfurcht für Ihren aufgeklärten Ver-stand, als Abscheu wider einige gegen Sie gerichteten Wische einflößten.

Seit dieser Zeit beschlos ich, gele-gentlich Ihnen, so wie überhaupt die-sem ganzen politisch-kritischen Vorfall, ein soviel als möglich angemessenes Denkmahl zu setzen, und gegenwärtiges von mir adaptirtes Trauerspiel, welches hier binnen kurzer Zeit funfzehnmal mit ausserordentlichem Beifall gegeben worden, soll mir eine unstreitig dauerhafte Materie zu diesem Denkmahl geben.

Vielleicht, daß ich einst, bei mehrerer Musse, den Charakter des plangerechten Bösewichts Franz heraushebe, um solchen, in einem besondern Schauspiel behandelt, Ihren obengedachten Widersachern, (gleichsam in usum Delphini) zu dediziren.

Mit der ehrerbietigsten Gesinnung habe ich die Ehre zu seyn,

Ew. Hochgebohrnen

Berlin, den 1sten Mai 1783.

unterthänigster Diener,

C. M. Plümicke.

# Die Räuber.

Trauerspiel

in fünf Akten.

x

# Perſonen:

Maximilian, regierender Graf von Moor.

Carl,
Franz, } ſeine Söhne.

Amalia von Edelreich, ſeine Nichte.

Spiegelberg,
Schweizer,
Grimm,
Roller,
Razmann,    } Libertiner, nachher Banditen.
Schufterle,
Roſinsky,

Herrmann, Baſtard eines Edelmanns.

Ein Pater.

Daniel, ein alter Diener.

Mehr Bediente.

Aufwärter im Gaſthofe.

Räuber.

    Der Ort der Handlung iſt Deutſchland.

    Das Stück ſpielt in der Zeit, als der ewiſ
ge Landfriede in Deutſchland errichtet ward.

# Erster Akt.

## Erster Auftritt.

### Franken. Moorisches Schloß.

### Franz von Moor's Zimmer.

**Franz. Hermann. (tritt eben herein)**

**Franz.** Sieh da! Guten Morgen, Herrmann! — So pünktlich?

**Herrm.** O ja! Nur zu sehr, denk ich.

**Franz.** Hast du den Brief? — Zum Wetter! was für ein Gesicht?

**Herrm.** Mich deucht, Junker! daß es ein hundsvött'sches Gewerbe ist, ein halber Bösewicht zu seyn,

**Franz.** Erinnre Dich, wie oft ich zu dir sagte: Sei, was du immer willst, — ein Heiliger oder ein Schelm! Brutus oder Katilina! nur sei nichts halb! — Den Brief, Herrmann! den Brief!

**Herrm.** Hier! (zieht den Brief hervor, behält ihn aber in der Hand) Noch ward mir kein Schelm: streich so schwer, zu so vielen ich auch die Hand bot. Vier Seigerstunden wankt' und kämpft ich; Na:

gende Angst im Herzen; — kalte Schweistropfen
auf der Stirn; — so fand mich die zwote Stunde
nach Mitternacht. Dann erst schrieb ich. — Als
ich fertig war, krächzt' ein Rabe unter meinem
Fenster.

Franz. Ein Brief unter solchen Aspekten ver-
spricht gute Würkung. — (mitleidig lächelnd) Armer
Junge! — (wirft ihm einen Beutel mit Geld zu)
Nun da! für deine Nachtwache!

Herrm. (ihn zurückwerfend) Und da, Junker!
für Euern Spott!

Franz. (empfindlich) Herrmann!

Herrm. Laßt mich ausreden! — Ich warf mich
auf's Bett; aber ein Rest von Schwachsinn oder —
wie es sonst in Eurer Sprache heißen mag! lies mich
nicht schlafen. Wol zehnmal sprang ich auf, den
Brief wieder zu vernichten; und vermocht' es nicht.
Zwischen ihm und mir stand, gleich einem Riesen,
Euers Vaters Beleidigung; — Euers Bruders ver-
achtvolle Begegnung. — O verdammt will ich seyn,
wenn ich sie je vergesse!

Franz. Auch ich, Herrmann! Auch ich! —
Sieh! Dir will ichs vertrauen. Ich fühlte nie
was Wohlwollendes für diesen Bruder. War er
nicht der Erstgebohrne? das Vatersöhnchen, das
mich im Schatten setzt? Noch mehr! Denn war

blick der grauen Haare meines Vaters, fühlt' ich
noch nie, was andre zu empfinden wähnen. Kein
grosser Geist darf unter den Anfällen der Kindheit
erliegen. — Auch ich weis die Empfindungen der
Natur in den Damm der Vernunft zu zwängen
und Ergiessungen zu hemmen, die das Herz nicht
befruchten, sondern seine Blüte verwelken. — Gieb
mir den Brief!

Herrm. (der bisher in tiefen Gedanken stand).
Um meiner Ruhe — um Eurer ewigen Glückselig-
keit willen! ich darf nicht. (will ihn zerreissen.)

Franz. (der ihn verhindert) Bei meinem ewigen Has! — Gieb, sag ich.

Herrm. Auch jetzt noch, nachdem ich Eure wah-
re Gesinnungen kenne? — Nein, Franz! Meine
Rache soll mit Euerm Plan nichts gemein haben.
Eh' mögen Hölle und Himmel ——— Lasst mich!

Franz. (aufgebracht, sucht sich mit Gewalt des
Briefes zu bemächtigen) Gieb, sag' ich, feiler Sklav!
— Bastard!

Herrm. (wüthend) Bastard? Bastard? — Wahrt
euch, Junker! daß der "Bastard" nicht über Euren eigenen Kopf komme! — (indem er sich wieder
zur Freundlichkeit zwingt) Doch verzeiht! ich seh's
wol, ich gieng zu weit. Nur lasst mich nicht ent-

gelten, was das Schickſal that! Für Euch ſchrieb
ich dieſen Brief; — und hier iſt er! (giebt ihn ihm
hin) Doch nun vergönnt mir einige Augenblicke
Gehör! Kommt her, und ſetzt Euch! (holt Stühle.
Franz in Erwartung. Sie ſetzen ſich.)

Als Eure Mutter ſtarb, — noch denk ich's oft,
wie künſtlich ihr jeden, ſelbſt bis zum geringſten Bedienten, von ihrem Sterbebett' zu entfernen wuſſt-
tet, — da war ich Euer einziger treuer Gehülfe.
Es kam darauf an, daß wir uns der etwanigen
Baarſchaft und Koſtbarkeiten der Verſtorbenen be-
mächtigten: und dies gelang uns treflich. Fünf
Beutel mit alten gediegenen Münzen, und ein dia-
mantner Schmuck lohnten der Mühe. — Schon
wollten wir mit dieſer Beute davon, als Euch's ein-
fiel, zuvor auch ihr Kopflager zu durchſuchen. Das
thaten wir, — und ſiehe! ich zog einen ſchmalen leder-
nen Beutel hervor, der gleich den übrigen blos
Schaumünzen und Geld zu enthalten ſchien.

Franz. War's nicht? — Ich hätt' doch drauf
ſchwören wollen.

Herrm. Auch ich. Aber hört weiter! — Den
Beutel quäſtionis warft Ihr mit verachtungsvoller
Grosmuth mir zu, und hieltet mich überreichlich
belohnt. Hm! hm! Ihr hattet Recht, Junker.
Ich war's auch, — ohngeachtet Eurer ungleichen

Theilung. O Ihr wußtet nicht, wie sehr Ihr mich belohntet!

Franz. (vor sich, murrend) Bei Gott! Dann that ich's ohne Vorsatz.

Herrm. Denn seht nur, indem ich das Einge-welde Euers Beutels ausleere, find' ich da — tief auf dem Grund — ein kleines versiegeltes Pack Papiere.

Franz. (fährt auf und scheint betreten) Vielleicht Briefe meiner Mutter! — Komm! gieb mir sie, Herrmann! oder verbrenn' sie wenigstens unent-siegelt!

Herrm. Zu spät, Franz! (bedeutend) Längst ward's entsiegelt; — mit ihm das große wichtige Ge-heimnis.

Franz. (vor sich) Bei Gott! er macht mich zittern. —

Herrm. (sucht in der Brieftasche, und zieht einen Brief hervor) Zum Beispiel! Eure Mutter war ei-ne züchtige ehrbare Matrone; — (näher zu ihm rückend) aber freilich, eh' sie das ward, — ich bitte, erstaunt nicht zu sehr! Ihr kennt ja den Weltlauf, Franz! — ein lustiges rasches Weibchen.

Franz. (springt auf) Hölle und Verzweiflung! — (wüthend) Wer befahl dir, das Siegel zu brechen?

Herrm. Franz von Moor! — Seide Falsch=
heit!

Franz. Gieb mir die Briefe meiner Mutter,
sag' ich! Diesen Augenblick!

Herrm. (kalt) Sobald wir zuvor den Bastard
ins Reine gebracht! Denn seht! — Das Geheimnis
dieser Briefe betrift Euch.

Franz. Teuflischer Bastard! Mich? — Mich?

Herrm. So ist's! Vielleicht wär's mit mir er=
storben; aber nun ——— Sagt! Haben's Euch Am=
me und Wärterinnen nie erzält, daß Ihr Eurer
Mutter einst zwei Monat zu früh vom Stapel ge=
laufen seid?

Franz. (stiert ihn an.)

Herrm. (hält ihm einen auseinandergeschlagenen
Brief dicht vor's Gesicht) Seht! Seht! Ihr kennt
doch Eurer Mutter Hand noch? Nun, so hört! Dies
schrieb sie an ihre Schwester. — (ließ) „O daß
"Thränen mich zu entsündigen vermöchten! daß der
"Himmel mir verzieh'n hätte, so wie ich dem ver=
"führerischen Bösewicht vergab, da er noch lebte!
"Vor 25 Jahren, kurz zuvor, eh mein Gemahl aus
"dem Böhmenkrieg rückkehrte, ward ich die Beute
"der listigsten Ueberraschung. — Franz, mein
"zweiter Sohn, — ist die Frucht einer heimli=

„chen ſtrafbaren Umarmung." (ihm, wie vorhin, den Brief vorhaltend) Seht! Seht! Hier ſteht's!

Franz. (der während dem Leſen auf dem Stuhl zurückſank, und das Geſicht mit den Händen bedeckte, ſpringt hinzu, ihm den Brief zu entreiſſen) Verfluchter!

Herrm. (ſteckt ihn ein) Man ſagt, Satan wiſſe die Bibel; und ich ſollte die Hauptſtelle dieſes Brieſes nicht wiſſen? — Laſſt doch ſehn! „Franz, — mein zweiter Sohn, — iſt die Frucht einer heimlichen ſtrafbaren Umarmung." —

Franz. (ſchlägt ſich, auſſer ſich, vor die Stirn) Mächte der Hölle! Ich ein Baſtard? Ich vaterlos? bruderlos? Ha! vortreflich! — abſcheulich, teufliſch wollt ich ſagen!

Herrm. (will gehn) Lebt wohl! Eure Wohlfahrt in meiner Hand —. So bedient Euch nun meines Brieſes!

Franz. (wie vorhin) Verfluchtes Weib! Nicht Mutter!

Herrm. (kommt einige Schritte zurück) Still doch! Um Euer ſelbſt willen! Ihr ſeid auſſer Euch.

Franz. Du haſt Recht. Seegen in der Gruft verdient ſie; nicht Verwünſchung. — (voller Freude) Herrmann! Herrmann! Ich bin vaterlos! bruderlos! *(einige Augenblicke nachdenkend)* Triumph! Mein Plan ist fertig!

Herrm. Und der ist?

Franz. Hast du das Fräulein von Edelreich schon vergessen?

Herrm. Wetter Element! warum erinnert Ihr mich an das?

Franz. Mein Bruder war's, der sie dir weg-fischte.

Herrm. Er soll dafür büßen. — Zu seiner Zeit, versteht sich.

Franz. Sie gab dir einen Korb — Und er, glaub ich, warf dich die Treppe hinunter.

Herrm. *(halb beiseite)* Ich will ihn dafür in die Hölle schleudern.

Franz. Er sagte ganz laut, man raune sich einander in's Ohr: dein Vater habe dich nie ansehn können, ohne an die Brust zu schlagen und zu seuf-zen: „Gott sei mir Sünder gnädig!"

Herrm. *(wild)* Blitz! Donner und Hagel, seyd still!

Franz. Was? Du wirst böse? Würklich? Ei nicht doch! Wie kannst du böse auf ihn seyn? Wie kannst du ihm böses thun wollen? — Geh, du kannst nichts, als deine Zähne zusammenschlagen, und deine Wuth an trocknem Brod auslassen.

Herrm. Wart's nur ab! — Zu Staub will ich ihn zerreiben.

Franz. (klopft ihn auf die Achsel) Pfui, Herrmann! Du bist ein Kavalier! Den Schimpf mußt du nicht auf dir sitzen laſſen. — Faſ dich! Komm näher! — Du ſollſt Amallen haben.

Herrm. Das mus ich! Trotz ihm und dem Teufel, das mus ich!

Franz. Und ſollſt ſie haben. Hier meine ritterliche Hand drauf! — (leiſer, indem er ſich umſieht) wofern ein Baſtard dem andern eine ritterliche Hand bieten kann! — Tritt näher, Herrmann! — Weiſſt du nicht, daß Karl von Moor ſo gut, als enterbt, iſt!

Herrm. Wie das?

Franz. Durch dieſen deinen Brief, mein' ich. — — Sieh! Auf den Knieen bitt' ich dich: las mich ſeiner brauchen, ſo wie ich will! und wir ſind gerächt! — ſind glücklich!

Herrm. (weggewandt) Ah! Kommſt du daher? — (richtet ihn auf) Und weiter?

Franz. O daß ich ſchon der ältere, — einzige Sohn wäre! Wie dich denn dieſer einzige Sohn aus dem Staub empor heben wollte! (ihn umhalſend) Wie du dann mit Gold überzogen, und mit vier Pferden durch die Gaſſen dahin raſſeln ſoll

teſt! — Aber pfui, Herrmann! Pfui! Mein Vater hat das Mark eines Löwen, und ich bin der
jüngere Sohn.

Herrm. Bei'm Himmel! Aus Rache wollt' ich,
Ihr wärt der ältere Sohn; und Euer Vater hätte
das Mark eines ſchwindſüchtigen Mädchens.

Franz. So recht! Auf! Las uns jetzt den Han-
del abſchlieſſen! Amalia ſei dein! — Drei der
ſchönſten Ländereyen meiner Grafſchaft
dein! Nur bitt' ich, ſei verſchwiegen und treu! Die
Schande meiner Geburt ſei ein ewiges Geheimniß!
Willſt du's, ſo ſchlag ein!

Herrm. (reicht ihm ſeine Hand halb widerwillig
hin.) —

Franz. Und wenn du aus dieſer Rechte Amalien und die Verſchreibung jener Beſitzthümer er-
hältſt, — dann erwart' ich aus der deinigen die Brief
meiner Mutter.

Herrm. So ſei es! (will fort)

Franz. Wohin?

Herrm. Fort! um dieſe Nebeldünſte zu zer-
ſtreu'n. Fort, eh mein Gewiſſen — — Ich will
ein wenig in's Gehölz hinaus. Wollt Ihr mit?

Franz. Ich folge dir. Jetzt ruft mich ein wich-
tiger's Geſchäft. (hinter ihm her) Nimm dir, wenn

du willst, mein bestes Geschos. und meinen besten Jagdklepper! (Herrm. ab)

Franz. (sieht ihm eine Weile nach und bricht dann in ein spöttisches Gelächter aus) Dir eine Stallmagd; aber keine Amalia! Dir hinterrücks einen Dolch durchs Herz; aber nicht die Hälfte einer Grafschaft! — Geh, schwankender Thor, der du nicht gern Bösewicht seyn willst! Bald wirst du reif seyn! — Ein stummer einsamer Grabhügel soll in kurzem dich und dein Geheimnis bedecken. (ab)

## Zweiter Auftritt.

### (Saal im Moorischen Schlos)

Der alte Moor (an einem Tisch sitzend. Nach einer Weile tritt) Franz (auf.)

Franz. Guten Morgen, Vater! Wie befindet Ihr Euch?

Alte Moor. Recht wohl, mein Sohn. Komm hieher! Setz dich!

Franz. Noch einmal! Ist Euch auch wohl, Vater? Ihr seht blas aus.

Alter Moor. Ich befinde mich wohl, mein Sohn. — Hast du mir etwas zu sagen?

Franz. Die Post ist angekommen. — Ein Brief
von unserm Korrespondenten aus Leipzig —

Alte! Moor. (begierig) Nachrichten von mei=
nem Sohne Karl?

Franz. So ist's. Aber ich fürchte ɪ ɪ ɪ Wenn Ihr
krank seid, — nur die leiseste Ahndung habt, es zu
werden: so lasst mich! — Ich will zu gelegnerer Zeit
zu Euch reden.

Alte Moor. Gott! Gott! Was werd' ich hören?

Franz. Lasst mich vorerst auf die Seite gehn,
und eine Thräne des Mitleids vergiessen, um mei=
nen verlohrnen Bruder! — Ich sollte schweigen auf
ewig: — denn er ist Euer Sohn. Ich sollte seine
Schande verhüllen auf ewig: — denn er ist mein
Bruder. — Aber Euch zu gehorchen, ist meine erste
Pflicht; — darum vergebt mir!

Alte Moor. O Karl! Karl! wüsstest du, wie
deine Aufführung das Vaterherz foltert! Wie eine
einzige frohe Nachricht von dir meinem Leben zehn
Jahre zusetzen würde, — da mich nun jede, ach! —
einen Schritt näher an's Grab rückt!

Franz. Ist es das, alter Mann! so gehabt
Euch wohl! Wir alle würden noch heut' uns die
Haare ausraufen über Eurem Sarge.

Alte Moor. Bleib! — Es ist ja nur noch um
den kleinen kurzen Schritt zu thun: — las ihm sei=

nen Willen. (indem er sich niedersetzt) Die Sünden
seiner Väter werden heimgesucht im dritten und
vierten Glied: — las ihn's vollenden!

Franz. (nimmt den Brief aus der Tasche) Ihr
kennt unsern Korrespondenten. Seht! Den Finger
meiner rechten Hand wollt' ich drum geben, dürft'
ich sagen: er ist ein Lügner, ein schwarzer giftiger
Lügner. — — Faßt Euch! Ihr vergebt mir, wenn
ich Euch den Brief nicht selbst lesen lasse. — Noch
dürft Ihr nicht alles hören.

Alte Moor. Alles! alles! — mein Sohn! Du
ersparst mir die Krücke.

Franz. (liest) „Leipzig vom 1sten Mai —
(er scheint zuerst einige Zeilen vor sich zu lesen) „Dein
Bruder scheint nun das Maas seiner Schande gefüllt zu haben; ich wenigstens kenne nichts über dem,
was er würklich erreicht hat. Gestern um Mitternacht hatt', er den grossen Entschluß, nach viertau-
send Dukaten Schulden" — ein hübsches Taschen-
geld, Vater! — „nachdem er zuvor die Tochter eines reichen Banquiers allhier entehrt, und ihren Galan, einen braven Jungen von Stand, im
Duell auf den Tod verwundet, mit sieben andern,
die er mit in sein Luderleben gezogen, dem Arm der
Justiz zu entlaufen." — Vater! Um Gotteswillen,
Vater! wie wird Euch?

Alte Moor. Es ist genug. Laß ab, mein Sohn!

Franz. Ich schone Eurer. — (als ob er wieder einige Zeilen überschlüge) „Man hat ihm Steckbriefe nachgeschickt; — die Beleidigten schreien laut um Genugthuung; — ein Preis ist auf seinen Kopf gesetzt; — Der Name Moor" . . . Nein! Meine arme Lippen sollen nimmermehr einen Vater morden! (er zerreißt den Brief) Glaub's nicht, Vater! Glaubt ihm keine Sylbe!

Alte Moor. (weint bitterlich) Mein Name! Mein ehrlicher Name!

Franz. (geht außer sich im Zimmer auf und ab) O daß er Moor's Namen nicht trüge! daß mein Herz nicht so warm für ihn schlüge! — Die gottlose Liebe, die ich nicht vertilgen kann, wird mich noch einmal vor Gottes Richterstuhl anklagen!

Alte Moor. O — meine Aussichten! Meine goldne Träume!

Franz. Das weis ich wol. Das ist es ja, was ich Euch so oft sagte. Nun seht Ihr's ja, Vater — der feurige Geist, der in dem Buben loderte, hat sich entwickelt, ausgebreitet, herrliche Früchte getragen.

Alte Moor. Und auch du, mein Franz? Auch du? — O meine Kinder! Wie sie nach meinem Herzen zielen!

Franz. Ihr seht, Vater! ich kann auch witzig seyn. Und dann ⹀ Freilich, der trockne Alltags menſch, der kalte hölzerne Franz, und wie die Ti telchen alle heiſſen mögen, die Euch ehmals der Kontraſt zwiſchen ihm und mir eingab' — der wird einmal zwiſchen ſeinen Grenzſteinen ſterben und modern und vergeſſen werden, wenn der Ruhm dieſes Univerſalkopfs von einem Pole zum andern fliegt. — (hervortretend) Ha! mit gefalt'nen Händen dankt dir o Himmel! der kalte, trockne, hölzerne Franz, — daß er nicht iſt, wie dieſer!

Alte Moor. Vergieb mir, mein Kind! Zürne nicht auf einen Vater, der ſich in ſeinen Planen be trogen findet! — Der Gott, der mir durch Karln Thränen zuſendet, wird ſie durch dich, mein Franz, aus meinen Augen wiſchen.

Franz. Ja Vater! aus Euern Augen ſoll er ſie wiſchen. Euer Franz wird ſein Leben dran ſe tzen, das Eurige zu verlängern. — Glaubt Ihr mir das?

Alte Moor. Du haſt nun groſſe Pflichten auf dir, mein Sohn, — Gott ſeegne dich für das, was du mir warſt, und ſeyn wirſt!

Franz. Nun ſagt mir einmal — wenn Ihr je nen Sohn nicht den Eurigen nennen müſtet, wär't Ihr nicht ein glücklicher Mann?

B

Alte Moor. Stille! o stille! Da ihn die Weh-
mutter mir brachte, hub ich ihn gen Himmel und
rief: "Bin ich nicht ein glücklicher Mann?"

Franz. Das sagtet Ihr. Habt Ihr's aber auch
gefunden? —

Alte Moor. (weinend) O nein! nein! Er hat
mich zu einem achtzigjährigen Mann gemacht!

Franz. Weh' Euch, armer Vater! Euer Kummer wird wachsen mit Karln; — wird Euer Leben
untergraben. Wie wär's also, — wenn Ihr Euch
dieses Sohn's entäussertet?

Alte Moor. (auffahrend) Franz! Franz! was
sagst du? — Wolltest du wol, daß ich meinem
Sohn' fluchte?

Franz. Nicht doch! Nicht doch! Euerm Sohn
sollt Ihr nicht fluchen. Was heißt Ihr "Euern
Sohn?" — (näher zu ihm) Bedenkt, wenn Ihr ihm
seinem Elend auf einige Zeit Preis gäbet, würd' er
nicht umkehren müssen und sich bessern? oder er
würd' auch vielleicht in der grossen Schule des Elends
ein Schurke bleiben, und dann ::: Weh' dem Vater, der die Rathschlüsse einer höhern Weisheit
durch Verzärt'lung zernichtet! —

Alte Moor. (nach einer Pause) Nun dann! —
So will ich ihm schreiben, daß ich meine Hand von
ihm wende.

**Franz.** Da thut Ihr recht wohl daran.

**Alte Moor.** Daß er nimmer vor meine Augen komme.

**Franz.** Das wird eine heilsame Wirkung thun.

**Alte Moor.** (zärtlich) Bis er anders worden!

**Franz.** Schon recht! Schon recht! — Aber wenn er nun kommt mit der Larve des Heuchlers, Euer Mitleid erweint, Eure Vergebung sich erschmeichelt, und morgen wieder hingeht und Eurer Schwachheit spottet? — Nein, Vater! schreibt ihm das nicht. Er wird freiwillig wiederkehren, sobald ihn sein Gewissen frei gesprochen.

**Alte Moor.** Auch das, mein Sohn. — Ich will ihm jetzt gleich auf der Stelle schreiben. (will gehn)

**Franz.** (ihn aufhaltend) Halt! Noch ein Wort, Vater! Eure Entrüstung, fürcht' ich, möcht' Euch zu harte Worte in die Feder werfen, die ihm das Herz spalten würden. Und dann — glaubt Ihr nicht, daß er das schon für Verzeihung nehmen würde, wenn Ihr ihn noch eines eigenhändigen Schreibens werth hieltet. Darum wird's besser seyn! Ihr überlaßt das Schreiben mir.

**Alte Moor.** Du hast Recht! — Ach! es hätte mir doch das Herz gebrochen! Schreib' ihm . . .

**Franz.** (schnell) Dabei bleibt's also?

Alte Moor. Schreib' ihm, daß ich tausend blut=
ge Thränen, tausend schlaflose Nächte ₰₰₰ Aber bring'
meinen Sohn nicht zur Verzweiflung!

Franz. Wollt Ihr, Euch nicht zu Bette legen,
Vater? Es grif' Euch hart an. —

Alte Moor. Schreib' ihm, daß die väterliche
Brust ₰₰₰ Ich sag' dir, bring' meinen Sohn nicht
zu'r Verzweiflung. (geht kummervoll ab)


### Dritter Auftritt.


#### Franz allein.

(Begleitet ihn mit spöttischen Blicken.) Tröste
dich, Alter! — Du wirst ihn nimmer an diese
Brust drücken! Der Weg dazu ist ihm verrammelt,
wie der Himmel der Hölle. — Ich mus doch diese
Papiere zusammen lesen; wie leicht könnte jemand
Herrmanns Handschrift kennen? (er liest die zerrisse=
nen Briefstücke zusammen) Da müßt' ich ein erbärm=
licher Stümper seyn, wenn ich's nicht einmal so weit
gebracht hätte, einen Sohn vom Herzen des Va=
ters abzulösen, und wär' er mit ehernen Banden dar=
an geklammert. — Glück zu, Franz! Weg ist das
Schooskind! — Schon ein Riesenschritt zum
Ziele! — Aber auch ihr, auch ihr mus ich nun die=

sen Karl aus dem Herzen reissen, und wenn auch ihr halbes Leben dran hängen bliebe.

(auf- und abgehend mit grossen Schritten) Ich habe grosse Rechte, mit der Natur zu grollen, und bei meiner Ehre, ich will sie geltend machen! — Warum machte sie eben in ich zum Bastard? Mord und Tod! warum mich? Warum muste sie mir diese Bürde von Häslichkeit aufladen? Warum grade nur mir?

(tritt vor) Höre mich, Stiefmutter Natur! Du verschworst dich gegen mich schon in der Stunde des Werdens. — Wohlan, so verschwör' ich mich hier wieder gegen dich auf ewig! — Deine schönsten Werke will ich zerstören, da ich sie nicht Bruder und Schwester nennen kann. — Den Bund der Seelen will ich zerreissen, weil er mich ausschliesst. Du versagtest mir das süsse Spiel des Herzens, der Liebe überredendes Geschwätz: — so will ich denn meine Wünsche ertrotzen mit herrischer Gewalt; — will ausrotten um mich her was mich einschränkt, dass ich nicht Herr bin. —

## Vierter Auftritt.

### Franz. Amalia.

Amal. (kömmt langsam durch die hinteren Zimmer.)

B 3

Franz. Sie kömmt! — Ha! meine Arzenei würkt bis zu ihr. Ich seh's an diesem Gang, an ihrer Mine. Schon weis sie um alles. — Zwar, ich liebe sie nicht; — aber doch, ‚ ‚ (stuzt) Still! was ist das?

Amal. (hat, ohne ihn bemerkt zu haben, einen Blumenstraus zerrissen und zertritt ihn.)

Franz. (tritt näher; halb vor sich, hämisch) Was wol diese arme Rosen ausbaden müssen? ‚ ‚ ‚

Amal. Du hier? Erwünscht! — So eben sah' ich auch deinen Vater; er weinte. — Ich fragt' ihn um die Ursach; — "Weint man nicht, wenn man sein liebstes Kind verstösst?" sprach er — und ging.

Franz. (verbissen, ärgerlich) Sein liebstes Kind!

Amal. (ihn weiter vorführend) Sieh' mich starr an! — Sprich! Ist dieser neue Bubenstreich nicht auch von dir? — Ja! er ist! er ist!

Franz. (entrüstet) Amalia!

Amal. Ha! des liebevollen barmherzigen Vaters, der seinen Sohn der Verzweiflung Preis giebt! — Bei Gott! er verdient solche Söhne zu haben, wie du bist. Auf seinem Todbette wird er umsonst die welken Hände ausstrecken nach seinem Karl, und schaudernd zurückfahren, wenn er

die eiskalte Hand seines Franzes fasst. — O es ist
süs, köstlich süs, von deinem Vater verflucht zu
werden!

Franz. Du schwärmst, meine Liebe! Du bist
zu bedauern!

Amal. O ich bitte dich — Bedauerst du
deinen Bruder? — Nein Unmensch, du hassest
ihn! Du hassest mich doch auch?

Franz. Ich liebe dich, wie mich selbst, Amalia!

Amal. Wenn du mich liebst: — kannst du mir
wol eine Bitte abschlagen?

Franz. Keine! keine! wenn sie nicht mehr als
mein Leben ist.

Amal. O wenn das ist! Eine Bitte, die du so
leicht, so gern erfüllen wirst. (stolz) — Hasse mich!
Ich müste feuerroth werden vor Schaam, wenn
ich an Karln denke, und mir eben einfiele, daß du
mich nicht hassest. Du versprichst mir's doch? —

Franz. (ergreift ihre Hand) Allerliebste Träu-
merin! Wie sehr bewund're ich dein sanftes liebe-
volles Herz! (sich schnell losreissend und als wolle er
gehn) Las mich! Las mich!

Amal. Wohin?

Franz. Mich meinem Vater zu Füssen zu werfen, ihn zu beschwören, den ausgesprochnen Fluch

B 4

auf mich, auf mich zu laden; — nur mich zu enterben! — mich!

Amal. (fällt ihm schnell um den Hals) Bruder meines Karls! Bester, liebster Franz!

Franz. O Amalia! wie lieb ich dich um dieser unerschütterlichen Treue gegen meinen Bruder! — Mit diesen Thränen, diesen Seufzern, diesem himmlischen Unwillen — auch für mich, für mich! (an ihrem Hals hängend) Fürwahr, unsre Seelen stimmten so zusammen!

Amal. (schüttelt den Kopf, und sucht sich aus seinen Armen zu winden) Nein, nein, bei jenem keuschen Licht des Himmels! kein Aederchen von ihm! kein Fünkchen von seinem Gefühl! —

Franz. (nachdem er sie eine Weile stumm betrachtet) Es war ein heit'rer stiller Abend, der letzte, eh' er nach Leipzig abreiste, da er mich mit sich in jene Laube nahm. — Lang blieben wir stumm; — zuletzt ergrif er meine Hand und sprach leise und mit Thränen: Ich verlas Amalien, ich weis nicht — 's mir ahndet's, als hies es auf ewig! — Verlas sie nicht Bruder! — Sei ihr Freund, — ihr Karl, — wenn Karl — nimmer wiederkehrt. (er stürzt vor ihr nieder, und küsst ihr die Hand mit Heftigkeit) Nimmer, nimmer, nimmer wird er wiederkehren,

und ich hab's ihm zugesagt, mit einem heiligen
Eide!

Amal. (zurückspringend) Verräther, wie ich dich
ertappe! In eben dieser Laube beschwor er mich,
keiner andern Liebe— wenn er auch sterben sollte;,
Ha! siehst du, wie gottlos, wie abscheulich du;;
Geh! geh! Fort aus meinen Augen!

Franz. Du kennst mich nicht, Amalia! Du
kennst mich nicht!

Amal. O ich kenne dich! Von jetzt an kenn'
ich Dich! — Und du wolltest ihm gleich seyn? Vor
dir sollt' er um mich geweint haben? Vor dir?
Eh hätt er meinen Namen auf den Pranger geschrieben! — Geh' diesen Augenblick!

Franz. (wuthknirschend) Du beleidigst mich!

Amal. Geh', sag' ich! Du hast mir eine kost-
bare Stunde gestohlen: — sie werde dir an deinem Leben abgezogen.

Franz. Du hassest mich also?

Amal. Nein! ich verachte dich. Hinweg
mit dir!

Franz. (mit den Füssen stampfend) Wart'! so
sollst du vor mir zittern! — (zornig, indem er abgeht) Mich einem Bettler aufzuopfern?

(ab)

## Fünfter Auftritt.

### Amalia, allein.

Geh, Lotterbube! — Jetzt bin ich wieder bei Karln. — "Bettler," sagt'er? Nun, dann hat die Welt sich umgekehrt! Bettler sind Könige, und Könige sind Bettler! — Ich möcht' die Lumpen, die er an hat, nicht mit dem Purpur der Gesalbten, vertauschen. — O der Blick, mit dem er bettelt, das muß ein grosser, königlicher Blick seyn! — ein Blick, der die Herrlichkeit, den Pomp, die Triumphe der Grossen und Reichen zernichtet! — In den Staub mit dir, du prangendes Geschmeide! (sie reisst sich die Perlen vom Hals) Seid verdammt, Gold und Silber und Juwelen zu tragen, Ihr Grossen und Reichen! Seid verdammt, an üppigen Mahlen zu zechen! verdammt, Euern Gliedern wohl zu thun auf Polstern der Wollust! —— Sieh, Karl! Karl! bin ich so dein werth? (ab)

## Sechster Auftritt.

An den Grenzen von Sachsen. Gasthof.

### Karl Moor. (Hernach) Aufwärter.

Karl M. (unmuthig auf und nieder. Vor ihm auf den Tisch liegt der Degen) Wo die Kerls auch wieder herumschlendern! — Gewis haben sie einen Ritt gemacht. — Heda, Herr Wirth! Noch mehr Wein her! —— Es wird schon Abend und noch keine Post da. (die Hand vor die Brust) Knabe! Knabe! wie dir's hier klopft! — Wein! Wein her! Ich brauch' heut' meinen Muth zwiefach; — sei's zur Freud' oder zur Verzweiflung!

Aufwärt. (bringt Wein, schenkt ein und geht ab)

Karl M. (er trinkt und setzt das Glas ungestüm nieder) Ueber die verfluchte Ungleichheit in der Welt! — Das Geld verrostet in den Kisten ausgedörrter Pickelheringe und Armuth legt Blei an die kühnste Unternehmungen der Jugend. — ·

### Siebenter Auftritt.

Spiegelberg (mit Briefen in der Hand.) Karl Moor. (Nachher) Aufwärter.

Spiegelb. Pest! Pest! Ein Streich auf den andern! Vermaledei't! Weißt du was neues? — Man möchte rasend werden!

Karl M. Was denn wieder?

Spiegelb. (wirft die Briefe auf den Tisch) Da lies! — Lies selbst! Niedergelegt ist unsre Wirth=

schaft — Friede in Deutschland! — Der Teufel hol'
die Pfaffen! (ruft in die Scene) Wein her! Wein
her!

Karl M. (erstaunend) Friede in Deutschland?

Spiegelb. O es ist zum Aufhängen! —
Und das Faustrecht abgeschaft für immer! — Alle
Fehden bei Todesstrafe verboten! (ruft wieder)
Wein her!

Aufwärt. (bringt Wein und Gläser; ab.)

Spiegelb. Mord und Tod! Las uns krepi-
ren, Moor! — Federn werden kritzeln, wo sonst
unsre Schwerdter durchhau'ten.

Karl M. (wirft sein Schwerd vom Tisch)
Nun! So mögen denn Memmen und Schurken
das Regiment führen, und Männer ihre Schwerdter
zerbrechen! — Friede in Deutschland? — Geh, Moritz! Diese Zeitung hat dich auf ewig gebrandmarkt!
— Friede in Deutschland? Ha! Fluch, — dreimal
Fluch über den Frieden, der zum Schneckengang
verdirbt, was Adlerflug geworden wäre!

Spiegelb. (schenkt ein und trinkt) Komm
hieher, Moor! Trink!

Karl M. Weh' über Deutschland! Seine
Stunde ist kommen. Es soll herunter — Kein
freier Aderschlag in Barbarossa's Enkel mehr übrig!

— Auch ich will's Fechten verlernen in meinen väterlichen Hainen.

Spiegelb. Wie zum Teufel! du willst zurückkehren und den verlor'nen Sohn spielen? — Pfui! schäm' dich! — Das Unglück mus einen grossen Mann nicht zur Memme machen.

Karl M. Ich will ihn spielen, Moriz, — den verlor'nen Sohn, ohne mich zu schämen. Nenn' es immerhin Schwäche, daß ich meinen Vater ehre. — Es ist die Schwäche eines Menschen; und wer die nicht hat, mus entweder ein Gott oder — ein Vieh seyn. Las mich lieber so mitten inne bleiben!

Spiegelb. Geh, geh! Du bist nicht mehr Moor. — Willst du deine Gaben in dir verwittern lassen? Dein Pfund vergraben? Meinst du, deine Stänkerei'n in Leipzig machen die Grenzen des menschlichen Witzes aus? Da las uns erst in die grosse Welt kommen. Paris und London! — wo man Ohrfeigen einhandelt, wenn man einen mit dem Namen eines ehrlichen Mannes grüsst. Kurz und gut, Moor! — man sollte den Schuft an den nächsten besten Galgen knüpfen, der bei graden Fingern verhungern will.

Karl M. (zerstreut) Wie? Hast du es so weit gebracht?

Spiegelb. Las mich erst waͤrm werden, und du sollst Wunder sehn. — (steht auf, hitzig) Aut Caesar, aut nihil! Ihr alle sollt noch einst das Gnadenbrod von mir haben.

Karl M. Du bist ein Narr. Der Wein bramarbasirt aus deinem Gehirne.

Spiegelb. (noch hitziger) "Spiegelberg! wird es dann heissen: kannst du hexen, Spiegelberg?" Und "Spiegelberg" wird man rufen in Osten und — "Spiegelberg" in Westen — und dann in den Koth mit Euch, Ihr Memmen! Ihr Kröten! indes Spiegelberg mit ausgespreizten Flügeln zum Tempel des Nachruhms empor steigt.

Karl M. Glück auf den Weg! Steig' du auf Schandsäulen zum Gipfel des Ruhms! Im Schatten meiner väterlichen Haine, in den Armen meiner Amalia lockt mich ein edler Vergnügen. Schon die vorige Woche hab' ich meinem Vater um Vergebung geschrieben, hab' ihm nicht den kleinsten Umstand verschwiegen; und wo Aufrichtigkeit ist, da ist auch Mitleid und Hülfe. — Las uns Abschied nehmen, Moritz! Wir seh'n uns heut', und nie mehr. Die Post ist angelangt. Die Verzeihung meines Vaters ist schon innerhalb dieser Stadtmauer.

# Achter Auftritt.

## Schweizer. Grimm. Roller. Schufterle.
### (treten auf) Vorige.

**Roller.** Wißt Ihr auch, daß man uns auskunt=
schaftet?

**Grimm.** Daß wir keinen Augenblick sicher sind,
aufgehoben zu werden?

**Karl M.** Mich wundert's nicht. Es geht,
wie es muß. — Saht Ihr den Raßmann nicht?
Sagt' er Euch von keinem Brief, den er an mich
hätte?

**Roller.** Schon lang' sucht er dich. Ich vermu=
the so etwas.

**Karl M.** Wo ist er? Wo? Wo? (will ei=
lig fort)

**Roller.** Bleib! wir haben ihn hieher beschieden.
Du zitterst? —

**Karl M.** Ich zittre nicht. Warum sollt'
ich auch zittern, Kameraden? Dieser Brief ===
Freu't Euch mit mir! Ich bin der Glücklichste unter
der Sonne. Warum sollt' ich zittern?

**Schweiz.** (setzt sich an Spiegelbergs Platz und
trinkt seinen Wein aus)

## Neunter Auftritt.

### Ratzmann. Karl Moor. Vorige.

Karl M. (fliegt Ratzmann entgegen) Bruder, Bruder, den Brief! den Brief!

Ratzm. (giebt ihm den Brief.)

Karl M. (bricht ihn haftig auf, lieft und verwandelt sich.)

Ratzm. Was ist dir? Wirst du nicht, wie die Wand?

Karl M. Meines Bruders Hand! (lieft)

Roller. Was treibt denn der Spiegelberg?

Grimm. Der Kerl ist unsinnig. Er macht Gestus wie bei'm Sankt Veitstanz.

Schufterle. Sein Verstand geht im Ring' herum. Ich glaub, er macht Verse.

Ratzm. Spiegelberg! He Spiegelberg! — Die Bestie hört nicht.

Grimm. (schüttelt Spiegelbergen) Kerl! träumst du, oder ꟸꟷ?

Spiegelb. (der sich die ganze Zeit über hinten im Zimmer mit der Pantomime eines Projectmachers abgearbeitet hat, springt wild auf) „La bourse ou la vie!" (und packt Schweizern an die Gurgel)

Schweiz. (wirft Spiegelbergen gelassen an die Wand.)

Karl M. (hat gelesen; läßt den Brief fallen, und rennt hinaus)

Roll. (Moor nach, hält ihn zurück) Moor! wo hinaus? Moor! was beginnst du?

Grimm. Was hat er, was hat er? Er ist bleich, wie eine Leiche.

Karl M. (außer sich) Verloren! Verloren! (stößt sie zurück, und rennt hinaus)

## Zehnter Auftritt.

**Spiegelberg. Schweizer. Grimm. Roller, Schufterle. Ratzmann. (Nachher einige) Aufwärter.**

Schweiz. Das müssen schöne Neuigkeiten sein! Laßt doch sehn!

Roll. (nimmt den Brief von der Erde und ließt) "Unglücklicher Bruder!" Der Anfang klingt lustig. "Nur kürzlich mus ich dir melden, daß "deine Hofnung vereitelt ist. — Du sollst hingehn, "läßt dir der Vater sagen, wohin dich deine Schand- "thaten führen. Auch sagt er, werdest du dir keine "Hofnung machen, jemals Gnade zu seinen Füßen

C

"zu erwimmern, wenn du nicht gewärtig sein wol-
"lest, im untersten Gewölb' seiner Thürme mit Was-
"ser und Brod so lang' traktirt zu werden, bis dei-
"ne Haare wachsen wie Adlersfedern, und deine
"Nägel wie Vogelsklauen werden.  Das sind seine
"eigne Worte.  Er befiehlt mir den Brief zu schlief-
"sen.  Leb' wohl auf ewig!  Ich bedaure dich —

"Franz von Moor."

Schweiz. Ein zuckersüsses Brüderchen! In der
That! — Franz heisst die Kanaille?

Spiegelb. (sachte herbei schleichend)  Von Wasser und Brod ist die Rede?  Ein schönes Leben! Da
hab' ich anders für Euch gesorgt!  Sagt' ich's nicht,
ich müsst, am Ende für Euch alle denken?

Schweiz. Was sagt der Schaafskopf? — Der
Esel will für uns alle denken?

Spiegelb. Kurz und gut!  Ein Wort statt
tausend!  Habt Ihr Muth, Kinder?  Muth?
— Denn seht nur, was den Witz betrift, den
nehm' ich ganz über mich.  Muth, sag' ich, Schweizer!  Muth, Roller, Grimm, Ratzmann, Schufterle!  Muth! —

Schweiz. Muth?  Wenn's nur das ist? —
Muth hab' ich genug, um barfus mitten durch die
Hölle zu gehn.

Roll. Muth genug, mich unterm lichten Galgen mit dem leibhaftigen Teufel um einen armen Sünder zu balgen.

Spiegelb. So gefällt mir's! Wolan! Wenn Ihr Muth habt, so tret' einer auf, und sag', er hab' noch etwas zu verlieren, und nicht alles zu gewinnen. (es erfolgt eine grosse Pause) Keine Antwort?

Roll. Gnug! Was bedarf's des langen Geplauders? Wenn's ein Gescheider begreifen, und ein Mann ausführen kann — Heraus mit der Sprache!

Spiegelb. Also denn! (er stellt sich mitten unter sie, mit beschwörendem Ton) Wenn noch ein Tropfen deutschen Heldenbluts in Euern Adern rinnt — kommt! wir wollen uns in den böhmischen Wäldern niederlassen, dort eine Räuberbande zusammenziehn und ... Was gaft Ihr mich an? — Ist Euer bischen Muth schon verdampft?

Roll. Du bist wol nicht der erste Gauner, der über den hohen Galgen weggesehn hat. —

Spiegelb. Und doch — Hättet Ihr wol sonst eine Wahl übrig? Wollt Ihr im Schuldthurm stecken, und zusammenschnurren, bis man zum jüngsten Tag posaunt? Wollt Ihr Euch mit der Schaufel und Haue um einen Bissen Brod abquälen.

C 2

Wollt Ihr an der Leute Fenſter mit einem Bänkel‑
ſängerlied ein magres Almoſen erpreſſen? oder
wollt Ihr zum Kalbfell ſchwören, und bei klingen‑
dem Spiel nach dem Takt der Trommel ſpaßieren?
— Seht, das habt Ihr zu wählen! Da iſt es beiſam‑
men, was Ihr wählen könnt.

Roll. Du biſt ein Meiſterredner, Spiegelberg,
wenn's drauf ankommt, aus einem ehrlichen Mann
einen Hallunken zu machen. — Aber ſag' doch ei‑
ner, wo der Moor bleibt? —

Spiegelb. "Ehrlich," ſagſt du? — Was
heiſſt du ehrlich? Reichen Filzen ein Drittheil ih‑
rer Sorgen vom Hals ſchaffen; das ſtockende Geld
in Umlauf bringen; das Gleichgewicht der Güter
wieder herſtellen; mit einem Wort, das gold'ne Zeit‑
alter wieder zurückrufen, und dem lieben Gott
Krieg, Peſtilenz, theure Zeit und Doktors erſpa‑
ren. — Siehſt du, das heiſſ ich ehrlich ſein! Und
dann — alles wohl überlegt! was find'ſt du ſo
ſchreckliches dabei?

Razm. Meiſterlich, Spiegelberg! Meiſterlich!
Du haſt, wie ein and'rer Orpheus, die heulende Be‑
ſtie mein Gewiſſen in den Schlaf geſungen. Nimm
mich ganz, wie ich da bin.

Grimm. (noch einige Augenblicke in Gedanken)
Friſch, Bruder, Moriz! So lautet auch Grimms
Katechismus. (reicht ihm die Hand)

Schufterle. Blih! So eben ist Auktion in meinem Kopf — Schriftsteller — Quacksalber — Lotterie, Goldmacher durcheinander und Gauner. Hm! Wer am meisten bietet, der hat mich. — Nimm diese Hand, Vetter!

Schweiz. (kommt langsam näher, und reicht Spiegelberg die Hand) Moritz — Du bist ein grosser Mann! oder besser: es hat ein blindes Schwein eine Eichel gefunden.

Roll. (nach einigem Nachdenken, mit einem langen Blick auf Schweizern) Und auch du, Freund? (streckt ihm die rechte Hand hin, mit Wärme) Roller mit Schweizer — und ging's auch in die Hölle!

Spiegelb. (froh aufspringend) Den Sternen zu, Kameraden! (zur Scene hinaus) Wein her!

Aufwärt. (bringen mehr Wein und Gläser; ab)

Spiegelb. Freie Passage zu Cäsar und Katillina! — Frisch! Stürzt die Gläser!

(sie schenken ein)

Es lebe unser Schutzpatron! Gott Merkur!

Alle. (stürzen die Gläser) Er lebe!

Spiegelb. Und nun brecht auf! An's Werk! Heut über's Jahr muß jeder von uns eine Grafschaft überbieten können!

Schweiz. (in den Bart) Wenn er nicht auf dem Rabe liegt.

(sie wollen gehen)

Roll. Sachte, Kinder, sachte! Wohin? Das Thier mus auch seinen Kopf haben. Ohne Oberhaupt, ging Rom und Sparta zu Grunde.

Spiegelb. (geschmeidig) Ja, haltet! Roller sagt recht! — und das mus ein verschmitzter erleuchteter Kopf seyn. Versteht Ihr? — Ha! (mit verschränkten Armen, mitten unter sie hintretend) Wenn ich Euch darum betrachte, was Ihr vor wenig Augenblicken wart, was Ihr jetzt seid; — durch einen glücklichen Gedanken seid; — Ja freilich, freilich müsst Ihr einen Chef haben. —

Roll. Wenn sich's nur hoffen liesse, — träumen liesse. — Aber ich verzweifle an seiner Einwilligung.

Spiegelb. (schmeichelhaft und mit bedeutendem Lächeln) Und warum verzweifeln, Brüderchen? — So schwer es auch ist, das kämpfende Schiff gegen Sturm und Wellen zu lenken; — so schwer sie auch drückt, die Last der Kronen; — sag's kek heraus, Kind. Vielleicht läßt er sich doch noch erweichen.

Roll. Und Büberei ist das Ganze, wenn er nicht an der Spitze steht. Ohne den Moor, sind wir Leib ohne Seele!

Spiegelb. (unwillig von ihm weg) Stock-
fisch.!

## Eilfter Auftritt.

Karl Moor (tritt herein in wilder Bewegung,
und läuft heftig im Zimmer auf und nieder,
mit sich selber) Vorige.

Karl M. Menschen! Menschen! falsche heuch-
lerische Krokodillbrut! — Ihre Augen sind Wasser! Ihre Herzen sind Erz! Küsse auf den Lippen!
Schwerdter im Busen! — — Und Er, Er! — Ist
das Vatertreue? Ist das Liebe für Liebe? O ich
möcht' ein Bär sein, und die Bären des Nordlands
gegen dies mörd'rische Geschlecht anhetzen!

Roll. Höre Moor! Was denkst du davon?
Ein Räuberleben ist doch auch besser, als bei
Wasser und Brod im untersten Gewölbe der
Thürme?

Karl M. Warum ist dieser Geist nicht in einen
Tiger gefahren, der sein wüthendes Gebis in Men-
schenfleisch haut? Reue und keine Gnade! — O
ich möchte den Ocean vergiften, daß sie den Tod aus
allen Quellen saufen! — Vertrau'n, unüberwind-
liche Zuversicht, und kein Erbarmen!

C 4

Roll. So hör' doch, Moor, was ich dir sage!

Karl M. Es ist unglaublich; es ist ein Traum. — So eine rührende Bitte! So eine lebendige Schilderung des Elends, und der zerfliessenden Reue! — Die wildeste Bestie wär' in Mitleid zerschmolzen! und er — er ⹂ ⹂

Grimm. Höre doch, höre! Vor Rasen hörst du ja nicht.

Karl M. Weg! weg von mir! Ist dein Name nicht Mensch? Hat dich das Weib nicht geboren — (ihn wüthig von sich stossend) Aus meinen Augen, du mit dem Menschengesicht!

Schweiz. (herzutretend) Moor! Moor!

Karl M. (weint bitterlich) Ich hab' ihn so unaussprechlich geliebt! So liebte kein Sohn! Ich hätte tausend Leben für ihn ⹂ ⹂ (schäumend auf die Erde stampfend, und voll Wuth) Ha! — wer mir jetzt ein Schwerd in die Hand gäbe, dieser Otterbrut eine brennende Wunde zu versetzen! Er sollte mein Freund, mein Engel — mein Gott seyn! Ich wollt' ihn anbeten.

Roll. Eben diese Freunde wollen wir ja sein, las dich doch weisen!

Grimm. Komm mit uns in die böhmischen Wälder, wir wollen eine Räuberbande sammeln, und du —

**Karl M.** (ſtiert Grimmen an.)

**Schweiz.** Du ſollſt unſer Hauptmann ſeyn! Du mußt unſer Hauptmann ſein!

**Spiegelb.** (wirft ſich wild in einen Seſſel; beiſeite) Sklaven und Memmen!

**Karl M.** (zu Rollern) Wer blies dir das Wort ein? Höre, Kerl! (indem er ihn hart ergreift) Das haſt du nicht aus deiner Menſchenſeele hervorgeholt! Wer blies dir das Wort ein? Ja, bei dem tauſendarmigen Tod! das wollen wir, das müſſen wir! Der Gedanke verdient Vergötterung! — "Räuber und Mörder!" — So wahr meine Seele lebt, ich bin Euer Hauptmann!

**Alle.** (mit lärmendem Geſchrei) Es lebe der Hauptmann!

**Spiegelb.** (aufſpringend) Bis ich ihm hinhelfe!

**Karl M.** Siehe, da fällt mir der Staar von meinen Augen! Was für ein Thor ich war, daß ich in's Käficht zurück wollte! — Ha! mein Geiſt dürſtet nach Thaten, mein Athem nach Freiheit. — "Mörder und Räuber!" — Mit dieſem Wort war das Geſetz unter meine Füſſe gerollt. Von nun an hab' ich keinen Vater, keine Liebe mehr! Blut und Tod ſoll mich vergeſſen lehren, daß mir jemals etwas theuer war! Kommt, kommt! Ich will mir

C 5

eine fürchterliche Zerstreuung machen. — Es bleibt dabei, ich bin euer Hauptmann! und Glück zu! dem Meister unter Euch, der am wildesten sengt, am gräslichsten mordet; denn ich sage Euch, er soll königlich belohnt werden. — Tretet her um mich ein jeder, und schwört mir Treu, und Gehorsam zu, bis in den Tod!

Alle. (geben ihm die Hand) Bis in den Tod!

Spiegelb. (geht wüthend auf und nieder.)

Karl M. Und bei dieser männlichen Rechte, schwör' ich Euch hier, treu und standhaft Euer Hauptmann zu bleiben, bis in den Tod! Den soll dieser Arm zur Leiche machen, der jemals zagt oder zweifelt, oder zurücktritt! Ein gleiches widerfahre auch mir! von jedem unter Euch, wenn ich meinen Schwur jemals verletze! Seid Ihr's zufrieden?

Alle. (mit aufgeworf'nen Hüthen) Wir sind's zufrieden!

Sgiegelb. (lacht ergrimmt in die Faust.)

Karl M. Nun denn, so laßt uns gehen! Fürchtet Euch nicht vor Tod und Gefahr, denn über uns waltet ein unbeugsames Fatum! Jeden ereilt endlich sein Tag, es sei auf dem weichen Küssen von Pflaum, oder im rauhen Gewühl des Gefechts,—

ober auf ofnem Galgen und Rad! Ein's davon iſt
unſer Schickſal!

(ſie gehn ab)

Spiegelb. (ihnen nachſehend, nach einer Pauſe)
Dein Regiſter, Moor! hat ein Loch. Du haſt
Gift und Verrätherei weggelaſſen.

(ab)

---

# Zweiter Akt.

## Erſter Auftritt.

### Franz von Moor.

(nachdenkend, in ſeinem Zimmer)

Der Arzt macht mir ſo lange. Das Leben eines
Alten iſt doch eine Ewigkeit. Müſſen denn aber
meine hochfliegenden Plane den Schneckengang
der Lebenskraft halten? — Wer es verſtünde, dem
Tode einen neuen Weg in das Schlos des Lebens
zu bahnen! den Körper vom Geiſt aus zu
verderben! — Und wie man da wol würde zu
Werk gehn müſſen? — Welche Gattung von Em-

44

pfindungen wol die Lebenskraft am grimmigsten
anfeinden? — Zorn? — Dieser heishungrige
Wolf überfrißt sich so gern. — Gram? — Dieser
Wurm schleicht mir zu langsam. — Furcht? —
Die Hofnung läßt sie nicht umgreifen. — Was?
und das wären sie all' die Henker des Menschen?
Ist das Arsenal des Todes sobald erschöpft? (tief-
sinnig) Wie?— Nun? Was?— Ha! (auffahrend)
Schreck! — Was kann der Schreck nicht? —
Was kann Vernunft, Hofnung, Religion wider
dieses Giganten eiskalte Umarmung? — Und
doch? doch? Wenn er auch diesem Sturm stün-
de? — Nun dann! so komme du mir zu Hülfe
Jammer! und du Reue! höllische Furie! gra-
bende Schlange! die ihren Fras wiederkäu't! und
du — heulende Selbstverklagung! Die du dein ei-
gen Haus verwüstest, und deine eigne Mutter
verwundest!— So fall ich, Streich auf Streich,
Sturm auf Sturm, dieses zerbrechliche Leben an,
bis den Furientrupp zuletzt schliesst: — Verzweiflung! Triumph! Triumph! der Plan ist
fertig. —

## Zweiter Auftritt.

### Hermann. Franz.

Franz M. (entschlossen) Wohlan denn!

Herrm. (tritt auf)

Franz M. Ha! Deus ex machina! Herrmann!

Herrm. Wie steht's? Habt Ihr meiner bei Amalien gedacht?

Franz M. Mehr als einmal. Aber obwohl ich dein Freund bin, (ihn bei der Hand fassend) — mehr als ein Gott müßt' ich sein, diesen Abgott Karl vom Altar ihres Herzens zu verstoßen. Sei ruhig! ich bitte dich. Du wirst noch schlimmere Nachrichten hören.

Herrm. (hastig) Welche? welche?

Franz M. Du weißt, es sind kaum zwei Monden, seit Karl von seinem Vater, — so gut als verbannt ward. Aber schon bereut der Alte den voreiligen Schritt, den er doch (lachend) will ich hoffen, nicht selbst gethan hat. Auch liegt ihm die Edelreich täglich hart an, mit ihren Vorwürfen und Klagen. Was gilts? über kurz oder lang wird er ihn aufsuchen lassen, in allen vier Ecken der Welt — und dann gute Nacht, Herrmann und Franz! wenn er ihn findet! — Du kannst ihm ganz demüthig die Kutsche halten, wenn er mit deiner Braut in die Kirche zur Trauung fährt.

Herrm. Sieh! eh' will ich ihn am Hochaltar erwürgen!

Franz M. Der Vater wird ihm bald die Herrschaft abtreten, um in Ruhe auf seinen Schlössern zu leben. Dann hat der stolze Strudelkopf den Zügel in Händen, und lacht seiner Hasser und Neider; — und ich, der ich dich, zu einem wichtigen grossen Mann machen wollte, ich selbst, Herrmann, werde tiefgebückt vor seiner Thürschwelle —

Herrm. (in Hitze) Nein! So wahr ich Herrmann heisse, das sollt Ihr nicht!

Franz M. Wirst du es hindern? Auch, dich, mein lieber Herrmann, wird er seine Geissel fühlen lassen. — Sieh', Freund! so steht's mit deiner Anwerbung um's Fräulein! so steht's mit deinen Aussichten! mit deinen Entwürfen!

Herrm. (der mit grossen Schritten auf und ab ging) Sagt mir, was soll ich thun?

Franz M. Höre denn! Damit du siehst, wie ich mir dein Schicksal zu Herzen nehme, als ein redlicher Freund; — geh; — kleide dich um, und mach' dich ganz unkenntlich. Es wird dir um so leichter, da dich die Edelreich nur e i n m a l, und mein Vater noch nie gesehn hat. Alsdenn las dich beim Al-

ten melden. Gieb vor, du kämst graden Wegs aus
Böhmen, hätteft mit meinem Bruder dem letzten
Treffen beigewohnt, — hätteft ihn auf der Wahlftatt
den Geift aufgeben fehn —

Herrm. Und gefetzt, daß ich auch diefen neuen
Streich beftände — würd' man mir glauben?

Franz M. Hoho! dafür las mich forgen!
Nimm diefes Paquet. Hier findeft du deine Kom-
miffion ganz ausführlich, und Dokumente dazu, die
den Zweifel felbft glaublich machen follen: — Mach
jetzt nur, daß du ungefehen in den Garten kömmft.
Gleich im vorderften Lufthaufe findeft du die nöthi-
gen Kleider. Lauf! Eile! — Die Kataftrophe die-
fer Tragi-Komödie überlas mir.

Herrm. Und die wird zweifelsohne fein: — Vi-
vat, der neue Herr, Franziskus von Moor!

Franz M. Wie fchlau du bift! — Denn fiehft
du, auf die Art erreichen wir alle Zwecke zumal und
bald. Amalia giebt ihre Hofnungen auf ihn auf.
Der Alte mifft fich den Tod feines Sohnes bei; —
ein fchon fchwankendes Gebäude braucht des Erdbe-
bens nicht, um über'n Haufen zu fallen. — Kurz
— alles geht nach Wunfch, und morgen vielleicht
fchon — morgen ... Gedenk' unfers Abkom-
mens, Herrmann!

Herrm. Wie sagtet Ihr? "Morgen schon?"
— Nun, Franz! Ich gedenk unsers Abkom-
mens, und schlag' ein. Auch noch dies Buben-
stück — und dann kein's mehr! "Morgen schon,"
sagtet Ihr?

Franz M. Nun ja doch! Aber jetzt eile! —
Sieh vor dir; die Ernbte reift.

Herrm. Sie soll unser sein, Franz! — Laßt
mich nur machen! (eilends ab)

Franz M. (ihm nachrufend) Noch einmal! Säu-
me ja nicht! Was du thust, das thust du dir! —
— (folgt ihm mit den Augen, und bricht dann in ein
weinerliches Lachen aus) Ganz Eifer! Ganz Wille!
Ha, wie bereitwillig der übertölpelte Thor sich nun
auch über die letzten Linien des braven Mannes hinweg schwingen wird! — — (ärgerlich) Nein, das
ist unverzeihlich! Dieser hier, selbst ein Schurke —
traut dem ehrlichen Gesicht eines andern. Sorglos
geht er hin, einen redlichen Mann zu betrügen, und
wird es in Ewigkeit nicht verzeihn, daß man ihn
hat betrügen können. Das, das der gepriesene
Unterkönig der Schöpfung? Nun dann, so vergieb
mir, stiefmütterliche Natur! wenn ich je mit dir
um sein Ebenbild zankte, und hilf mir auch gütigst
noch von dem wenigen Ueberrest. (ab)

———

# Dritter Auftritt.

## Des alten Moor's Zimmer.

## Der alte Moor. Amalia.

**Alte Moor.** (im Stuhl schlafend)

**Amal.** (herbeischleichend) Leise — leise — er schlummert! (sie stellt sich vor den Schlafenden) Wie lieb! wie ehrwürdig! — Ehrwürdig, wie man die Heiligen mahlt! — Nein, mit dir kann ich nicht zürnen! — Schlummre sanft, im Rosenduft. — (indem sie Rosen um ihn her streut) Im Rosenduft erscheine Karl deinen Träumen; — im Rosenduft sollst du erwachen! (sie will sich entfernen)

**Alte Moor.** (träumend) Mein Karl! Mein Karl!

**Amal.** (steht still, und kömmt langsam zurück) Horch! Sein Engel hat die Bitte erhört. — (nahe zu ihm tretend) Süs zu athmen ist die Luft, mit der Karls Name sich mischt. — Ich will hier bleiben.

**Alte Moor.** (immer im Traum) Bist du da? Bist du's wirklich? — Ach! — Sieh' mich nicht an mit diesem Jammerblick! Ich bin elend genug. (bewegt sich unruhig)

**Amal.** (weckt ihn schnell) Steh auf, Oheim! Es war nur ein Traum.

D

50

Alte Moor. (ermuntert sich) Wo bin ich? Du hier, meine Nichte?

Amal. Ihr schlieft einen beneidenswerthen Schlummer.

Alte Moor. Mir träumte von meinem Karl. Warum hab' ich nicht fortgeträumt? — Vielleicht hätt' ich Verzeihung erhalten aus seinem Munde.

Amal. (mit verschönertem Gesicht) Engel grollen nicht. — Er verzeiht Euch. (sanft seine Hand drückend) Vater meines Karls! ich verzeih' Euch.

Alte Moor. Nein, meine Tochter! Die Todtenfarbe deiner Wangen zeugt wider dein Herz. Armes Mädchen! Ich war's, der die Freuden deiner Jugend zerstörte. O vergieb mir, und fluche mir nicht!

Amal. (küsst seine Hand mit Zärtlichkeit) Euch? — Die Liebe hat nur einen Fluch gelernt. Diesen, mein Vater. (sie küsst ihm die Stirn)


### Vierter Auftritt.

#### Die Vorigen. Daniel.

Dan. Es wartet draussen ein Mann auf Euch. Er bittet, vorgelassen zu werden; er hab' an Euch eine wichtige Zeitung.

Alte Moor. (indem er aufsteht) Setz' meinen Stuhl dorthin, Freund. (Daniel trägt seinen Stuhl weiter vor)

Alte Moor. Mir ist auf der Welt nur etwas wichtig, du weißt's Amalia — Ist's ein Unglücklicher, der meiner Hülfe bedarf? Er soll nicht mit Seufzen von hinnen gehn.

(Daniel, ab)

Amal. (ihm nachrufend) Ist's ein Bettler, er soll eilig heraufkommen.

Alte Moor. Amalia! Amalia! schone meiner!

## Fünfter Auftritt.

### Franz. Herrmann (verkappt) Die Vorigen.

Franz. Hier ist ein Mann. Schreckliche Botschaften, sagt er, warten auf Euch. Könnt Ihr sie hören?

Alte Moor. Ich kenne nur eine. Tritt her, mein Freund, und schone meiner nicht! —

Herrm. (mit veränderter Stimme) Gnädiger Herr! Laßt es einem armen Mann nicht entgelten, wenn er wider Willen Euer Herz durchbohrt. Ich bin ein Fremdling in diesem Lande, aber Euch kenn' ich sehr gut, Ihr seid der Vater Karls von Moor.

Alte Moor. Woher weißt du das?

Herrm. Ich kannte Euern Sohn —

Amal. (auffahrend) Er lebt? lebt? Du kennst ihn? Wo ist er? wo, wo? (will hinwegrennen)

Alte Moor. Du weißt von meinem Sohn?

Herrm. Er studirte auf der hohen Schule in Leipzig. Von da zog er, ich weis nicht wie weit, herum. Er durchschwärmte Deutschland in die Runde, und wie er mir sagte, mit unbedecktem Haupt, barfus und erbettelte sein Brod vor den Thüren. Fünf Monat drauf brach der leidige Krieg zwischen Pohlen und den Türken wieder aus, und da er auf der Welt nichts mehr zu hoffen hatte, zog ihn der Hall von Matthias von Ungarn sieg‐ reicher Trommel nach Pest. "Erlaubt mir, sagt' er zum König, daß ich den Tod sterbe auf dem Bet‐ te der Helden! Ich hab' keinen Vater mehr!"—

Alte Moor. Sieh' mich nicht an, Amalia!

Herrm. Man gab ihm eine Fahne. Er flog Matthias Siegesflug mit. Wir kamen zusammen unter einem Zelt zu liegen. Er sprach viel von sei‐ nem alten Vater, und von bessern vergangenen Ta‐

gen — und von vereitelten Hofnungen; — uns stan-
den die Thränen in den Augen.

**Alte Moor.** (verhüllt sein Haupt in das Küssen)
Stille, o stille!

**Herrm.** Acht Tage drauf war ein heisses Treffen. — Ich darf Euch sagen, Euer Sohn hat sich
gehalten, wie ein wack'rer Kriegsmann. Er that
Wunder vor den Augen der Armee. Fünf Regi-
menter mußten neben ihm wechseln; er stand.
Feuerkugeln fielen rechts und links; Euer Sohn
stand. Eine Kugel zerschmetterte ihm die rechte
Hand; Euer Sohn nahm die Fahne in die linke,
und stand. —

**Amal.** (in Entzückung) Und stand, Vater! und
stand! —

**Herrm.** Ich traf ihn gegen das Ende der
Schlacht niedergesunken, und mit Wunden bedeckt.
Mit der linken Hand hielt' er das stürzende Blut;
die rechte hatt' er in die Erde gegraben. "Bruder!
rief er mir entgegen, es lief ein Gemurmel durch
die Glieder: der Feind sei im Weichen." — Er
ist's! versetzt' ich, und bald sind wir Sieger! —
"Nun denn!" sprach er, und lies die linke Hand
los! "So sterb' ich gern." — Bald drauf sank er
zurück, und blies seine grosse Seele aus.

D 5

**Franz M.** (auf Herrmann losgehend) Daß der Tod deine verfluchte Zunge versiegle! Bist du hieher gekommen, unserm Vater den Todesstos zu geben? — Vater! Amalia! Vater!

**Herrm.** Es war der letzte Wille meines sterbenden Kameraden. "Nimm dies Schwerdt, röchelte er, du wirst's meinem alten Vater überliefern. Sag' ihm, er sei gerochen; er möge sich weiden. Sag' ihm, sein Fluch hätte mich gejagt in Kampf und Tod, ich sei gefallen in Verzweiflung!" — Dann erstarrten seine Lippen. Sein letzter Seufzer war: Amalia.

**Amal.** (wie aus einem Todesschlummer aufgejagt) Sein letzter Seufzer: "Amalia!"

**Alte Moor.** (gräslich schreiend, sich in die Haare raufend) Mein Fluch ihn gejagt in den Tod! Mein Sohn gefallen in Verzweiflung!

**Herrm.** Hier ist das Schwerd, und hier auch ein Portrait, das er zu gleicher Zeit aus dem Busen zog! Es gleicht diesem Fräulein auf ein Haar. "Dies soll meinem Bruder Franz, sagte er, — um es dem Glücklichen" . . .

**Franz M.** (wie erstaunt, indem er ihn schnell unterbricht) Mir, Amaliens Portrait? Mir, Karl, Amalien? Mir?

Amal. (heftig auf Herrmann losgehend) Feiler, bestoch'ner Betrüger! (faßt ihn hart an)

Herrm. Das bin ich nicht, gnädiges Fräulein. Seht selbst, ob's nicht Euer Bild ist. — Ihr mögt's ihm wol selbst gegeben haben.

Franz M. Bei Gott! Amalia, das deine! Es ist warlich das Deine!

Amal. (das Bild genau betrachtend) Mein! mein! O Himmel und Erde!

Alte Moor. (schreiend, sein Gesicht zerfleischend) Wehe! wehe! Mein Fluch ihn gejagt in den Tod! Gefallen mein Sohn in Verzweiflung!

Franz M. Und er gedachte mein in der letzten schweren Stunde des Scheidens? — Meiner? da schon das schwarze Panier des Todes ; ; ;

Alte Moor. (schluchzend) Mein Fluch ihn gejagt in den Tod? Gefallen mein Sohn in Verzweiflung!

Herrm. Den Jammer steh' ich nicht aus. Lebt wohl, alter Herr! (leise zu Franz) Warum habt Ihr auch das gemacht, Junker? (geht schnell ab)

Amal. (aufspringend, ihm nach) Bleib! Bleib! Was waren seine letzten Worte?

Herrm. (zurückrufend) Sein letzter Seufzer war: "Amalia!" (ab)

D 4

Amal. Sein letzter Seufzer: "Amalia?" — Nein, du bist kein Betrüger! So ist es wahr! — wahr! — er ist tod! — (hin und her taumelnd, bis sie auf einen Stuhl niedersinkt) Tod! — Karl ist tod! —

Franz M. Was seh' ich? Was steht da auf dem Schwerd? Geschrieben mit Blut —

Amal. Von ihm?

Franz M. Seh' ich recht, oder träum' ich? Sieh da! Mit blutiger Schrift: "Franz, verlas meine Amalia nicht!" — 'Sieh doch, sieh doch! — und auf der andern Seite: "Amalia! Deinen Eid zerbrach der allgewaltige Tod." — Siehst du nun Amalia? Siehst du's nun?

Amal. (besieht das Schwerd) Heiliger Gott! es ist seine Hand. — (wehmüthig, nach einer kurzen stillschweigenden Pause, indem sie schnell abgeht) Er hat mich nie geliebt!

Franz M. (auf den Boden stampfend, vor sich) Verzweifelt! Meine ganze Kunst erliegt an dem Starrkopf.

Alte Moor. Wehe! Wehe! Verlas mich nicht, meine Tochter! — Franz! Gieb mir meinen Sohn wieder!

Franz M. Wer war's, der ihm den Fluch gab? Wer war's, der seinen Sohn jagte in Kampf und

Tod und Verzweiflung? — O es war ein treflicher Jüngling! — Fluch über seine Henker!

**Alte Moor.** (schlägt mit geballter Faust wider Brust und Stirn) Fluch! Verderben, und Fluch über mich selber! Ich bin der Vater, der seinen grossen Sohn erschlug. O ich werde mit Leid hinunter fahren! Du — du Franz! hast mir den Fluch aus dem Herzen geschwatzt. Gieb mir meinen Sohn wieder!

**Franz M.** Reitzt meinen Grimm nicht, Vater. Ich verlas Euch im Tode? —

**Alte Moor.** Scheusal! Scheusal! schaf' mir meinen Sohn wieder! (fährt aus dem Sessel, will Franzen an der Gurgel fassen.)

**Franz M.** (entspringt ihm, und läuft hinaus)

## Sechster Auftritt.

**Der alte Moor.** (Hernach) **Amalia.** (Endlich) **Daniel,** (und zuletzt) **Bediente.**

**Alte Moor.** Tausend Flüche dir nach! Du hast mir meinen Sohn aus den Armen gestohlen! (voll Verzweiflung hin und hergeworfen im Sessel) Wehe! Wehe! Verzweifeln, aber nicht sterben! — Sie fliehn, verlassen mich im Tode — Meine gute Engel fliehn von mir! All' die Heiligen weichen vom

eisgrauen Mörder! — Wehe! Wehe! Will mir
keiner das Haupt halten? Will keiner die ringende
Seele entbinden? — Keine Söhne? keine Töchter?
keine Freunde mehr? O wehe! Wehe! Verzwei=
feln, aber nicht sterben! (er sinkt entkräftet und leb=
los auf den Sessel zurück)

Amal. (ganz in Schmerz versunken, tritt langsam
herein. Indem sie den alten Moor erblickt, und auf
ihn zustürzt) Tod? Auch tod? — (sie sinkt neben
ihm nieder, und bleibt einige Augenblicke in stumme
Wehmuth verlohren, — dann erholt sie sich wieder.
Ihr Schmerz bricht in Thränen aus) Nimm auch
mich mit dir, vollendeter, seeliger Greis! — Vater
meines Karls! (sie springt auf, und zieht die Glocke)

(Dan. kömmt. Bald darauf
mehr Bediente.)

Dan. Was giebts? — Gott und alle Heili=
gen!

Amal. Hülfe! Hülfe, für Euern Herrn!

Dan. (zu den Bedienten) Hier! Tragt ihn auf
dem Stuhl in sein Schlafzimmer. — Ich eile den
Arzt zu rufen. (ab)

Amal. (hält den Leichnam vest umarmt) Zu spät!
(betrachtet ihn) Tod! Tod! — alles tod! (worauf
sie sich ihm entreißt, und abgeht)

Bediente. (tragen den Grafen durch die Mittel=
thür)

## Siebenter Auftritt.

### Die böhmischen Wälder.

**Razmann,** (von der einen Seite.) **Spiegelberg** (mit einem) **Räubertrupp** (von der andern.)

Razm. Willkommen, Kriegskamerad! Willkommen in den böhmischen Wäldern!

Razm. und Spiegelb. (fallen sich um den Hals)

Razm. Wo schlug dich der Blitz auf der Welt herum? Wo führt dich das Wetter her, theurer Kollege?

Spiegelb. Siedendwarm von der Messe zu Leipzig. Das war ein Jur. (indem er sich auf die Erde wirft) Und wie habt Ihr gelebt die Zeit über? Wie geht die Handthierung? — O ich könnte dir Streiche auftischen den ganzen langen Tag, daß du's Fressen drüber vergässest.

Razm. Das glaub' ich — das glaub' ich. Du hast von dir hören lassen. Aber zum Henker, wo treibst du denn all' das Geschmeis zusammen? Hagel und's Wetter! eine ganze Heerde Rekruten! — Ich weis nicht, Moritz, du mußt was magnetisches an dir haben, daß dir alles Lumpengesindel auf Gottes Erdboden anzieht, wie Stahl und Eisen.

Spiegelb. Kann seyn. Aber diese hier sind heliciöse Bursche. Willst sie probiren, Bruder? Häng' deinen Huth an die Sonne, und ich wette, sie stehlen ihn dir herunter, als ob das Auge der Welt den schwarzen Staar gehabt hätte.

Ratzm. Du wirst dem Hauptmann mit solchen Herrn willkommen seyn. — Er hat auch schon brave Kerl angelockt.

Spiegelb. (giftig) Geh mir mit deinem Hauptmann! — Die meinen hier dagegen. — Pah!

Ratzm. Nun ja! Sie mögen hübsche Fingerchen machen, — aber ich sag' dir, der Ruf unsers Hauptmanns hat sogar schon ehrliche Kerls in Versuchung geführt.

Spiegelb. Desto schlimmer. (stutzt) Horch! Giebts da nicht Lärmen?

## Achter Auftritt.

Schufterle (in vollem Lauf.) Vorige. Zuletzt
Schweizer und Roller (ausserhalb der
Scene.)

Ratzm. Werda? Was giebt's da? Passagiers im Wald?

Schufterle. Hurtig, hurtig! wo sind die andern? — Tausendsapperment! Ihr steht da und plaudert! Wißt Ihr denn nicht, — wißt Ihr denn gar nicht? — Roller —

Razm. Was denn? was denn?

Schufterle. Roller ist gehangen; zehn andere mit. —

Razm. Roller? Was? Seit wenn? — Woher weißt du's?

Schufterle. Schon über drei Wochen sitzt er, und seitdem sind drei Gerichtstage über ihn gehalten worden. Man hat ihn auf der Tortur examinirt, wo der Hauptmann sei? — Der wackre Bursche hat nichts bekannt. Gestern ist ihm der Prozeß gemacht worden, und diesen Morgen ist er dem Teufel mit Extrapost zugefahren.

Razm. Vermaledei't! Weis' es der Hauptmann?

Schufterle. Erst gestern erfuhr er's. Er schäumte, wie ein Eber. Du weißt's, er hat immer auf Rollern am meisten gehalten. Zweimal hat er sich schon in Kapuzinerskutte zu ihm geschlichen, und die Person mit ihm wechseln wollen. Roller schlug's hartnäckig ab. Drauf hat er einen Eid geschworen, daß es uns eiskalt über die Leber lief, er wolle ihm eine Todesfackel anzünden, wie sie noch keinem Könige geleuchtet hat, die ihnen den Puckel braun und blau brennen soll. Mir ist bang'

für die Stadt. Er hat schon lang' eine Pique auf
sie, weil sie so schändlich bigott ist; und du weißst,
wenn er sagt: ich will's thun; so ist's so viel, als
wenn's unser einer schon gethan hat.

Ratzm. Aber ach! der arme Roller! der arme
Roller!

Spiegelb. Memento mori! — Aber das regt
mich nicht an. (trillert ein Liedchen)

(Man hört von fern einen Schus fallen.)

Ratzm. (auffahrend) Horch! ein Schus!

(Schus und Lärmen näher)

Spiegelb. Noch einer!

(Schus zum drittenmal.)

Ratzm. Wieder einer! Der Hauptmann!

(von weitem wird hinter der Scene gesungen)

Die Nürnberger henken keinen.

Sie hätten ihn denn vor.

Schweiz. und Roll. (noch von weitem) Hollaho! Hollaho!

Ratzm. Roller! Roller! Holen mich zehn Teufel!

Schweiz. und Roll. (noch hinter der Scene,
aber näher) Ratzmann! Schusterle! Spiegelberg!
Ratzmann!

Ratzm. Roller! Schweizer! Blitz, Donner,
Hagel und Wetter!

(sie fliegen ihnen entgegen)

## Neunter Auftritt.

**Räuber Moor.** (mit sonneverbranntem Gesicht, steigt vom Pferde.) **Schweizer. Grimm. Räubertrupp. Roller** (in ihrer Mitte. **Vorige.**

**Räuber M.** Freiheit! Freiheit! — — Du bist im Trocknen, Roller! — Führt meinen Rappen ab, und wascht ihn mit Wein. (wirft sich auf die Erde) Das hat gegolten!

**Razm.** (zu Roller) Nun bei der Feueresse des Pluto's! Bist du vom Rad auferstanden?

**Schufterle.** Bist du sein Geist? oder bin ich ein Narr? — Bist du's wirklich?

**Roll.** (in Athem) Ich bin's. Leibhaftig. Ganz. Wo glaubst du, daß ich herkomme?

**Schufterle.** Teufel und's Wetter! Der Stab war ja schon über dich gebrochen!

**Roll.** Das war er freilich, und noch mehr. Ich komme recta vom Galgen her. — Las mich nur erst zu Athem kommen! Der Schweizer wird dir erzählen. Gebt mir ein Glas Branntwein! — (wirft sich vor Müdigkeit auf die Erde) O mein Haupt-

mann! Wo ist mein Hauptmann? Ihm verdank'
ich Luft, Freiheit und Leben.

Schweiz. (zu Razmann und Schufterle) Es
würd' Euch viel Spas gemacht haben, wär't Ihr
dabei gewesen. — Wir passten die Zeit ab, bis die
Passagen leer waren. Die ganze Stadt zog dem
Spektakel nach, Reuter und Fusgänger durcheinander, und Wagen; der Lärm und der Galgenpsalm
scholten weit. "Jetzt," sagte der Hauptmann:
"Brennt an! Brennt an!" Die Kerl flogen, wie
Pfeile, steckten die Stadt an drei und dreissig Ecken
zumal in Brand, warfen feurige Lunten in die Nähe des Pulverthurms, in Kirchen und Scheunen.
— Mordblen! es war keine Viertelstunde vergangen! Der Nordostwind, der auch seinen Zahn auf
die Stadt haben mus, kam uns trefflich zu statten,
und half die Flamme bis hinauf in die obersten Gie-
bel jagen. Wir indes Gasse auf, Gasse nieder,
wie Furien. — Feuerjo! — Feuerjo! durch die ganze Stadt. — Geheul; — Geschrei; — fangen auch
an, die Brandglocken zu brummen, bis drauf der
Pulverthurm in die Luft knallt, als wär' die Erde
mitten entzwei geborsten, und der Himmel zer-
platzt, und die Hölle zehntausend Klafter tiefer
versunken.

**Roll.** Und jetzt sah mein Gefolge zurück — da lag die Stadt wie Gomorrha und Sodom; der ganze Horizont in Feuer, Schwefel und Rauch verhüllt. Ich nutzte den Zeitpunkt, und risch wie der Wind! war ich losgebunden, und damit Reisaus! und davon! Mein Hauptmann schon parat mit Pferden und Kleidern! — So bin ich entkommen. Moor! Moor! möchtest du bald auch in den Pfeffer gerathen, daß ich dir gleiches mit gleichem vergelten könnte!

**Razm.** Ein bestialischer Wunsch, für den man dich jetzt noch hängen sollte. — Aber nicht wahr, Kinder! es war ein Streich zum zerplatzen?

**Roll.** Hülfe in der Noth war's; Ihr könnt's nicht schätzen.

**Schweiz.** Weißt du nicht, Grimm! wie viel es Todte gesetzt hat?

**Grimm.** Drei und achtzig, sagt man. Der Thurm allein hat ihrer sechzig zu Staub zerschmettert.

**Räuber M.** (sehr ernstlich) Roller, du bist theuer bezahlt.

**Grimm.** Pah! pah! was heißt aber das? — Ja, wenn's Männer gewesen wären; — aber da waren's ja nur Wickelkinder, eingeschnürte Mütterchen, die ihnen die Mücken wehrten, und aus-

E

gedörrte Ofenhöker, die keine Thür' mehr finden konnten. — Was leichte Beine hatte, war ausgeflogen, der Komödie nach, und nur der Bodensatz der Stadt blieb zurück, um die Häuser zu hüten.

**Räuber M.** O der armen Gewürme! — Greise, sagst du, und Kinder?

**Grimm.** Ja, zum Teufel! und Kranke und Kindbetterinnen dazu, und hochschwangre Weiber. — Wie ich von ohngefehr so an einer Baracke vorbeigeh', hör' ich drinnen ein Gezeter, ich kuck' hinein, und wie ich's beim Licht beseh', was war's? Ein Kind war's, noch frisch und gesund, das lag auf dem Boden unter'm Tisch, und der Tisch wollt' eben angehn. — "Armes Thierchen! sagt' ich, du verfrierst ja hier," und warf's in die Flamme.

**Räuber M.** Würklich, Grimm! that'st du das? — Nun, so brenn' denn diese Flamme in deinem Busen, bis die Ewigkeit grau wird! — Fort, Ungeheuer! Fort aus meinen Augen!

(es entsteht ein Gemurmel)

**Räuber M.** Murrt Ihr! Ueberlegt Ihr? — Wer überlegt, wenn ich befehle? Fort mit ihm, sag' ich. — Es sind noch mehrere unter Euch, die meinem Grimm reif sind. Ich kenn' dich, Spie-

gelberg. Aber ich will nächstens unter Euch treten, und fürchterlich Musterung halten.

(sie gehn zitternd ab)

## Zehnter Auftritt.

### Räuber Moor allein.

(heftig auf und abgehend) Höre sie nicht, Rächer im Himmel! — Höre sie nicht! Was kann ich
dafür? Was kannst du dafür, wenn deine Pesti-
lenz, deine Theurung, deine Wasserfluthen den
Gerechten mit dem Bösewicht auffressen? Wer
kann der Flamme befehlen, daß sie nicht auch durch
die gesegneten Saaten wüthe, wenn sie das Genist
der Horniffel zerstören soll? — O pfui, pfui! über
den Kindermord! Weibermord! Krankenmord! Wie
beugt mich diese That! Durch sie sind meine schönsten Werke vergiftet! —

(nach einer langen Pause)

Da steht nun der Knabe, schaamroth und aus-
gehöhnt vor dem Auge des Himmels, der sich an-
maaßte, mit Jupiters Keule zu spielen, und Pyg-
meen niederwarf, da er Tytanen zerschmettern sollte. — Geh', geh'! Du warst der Mann nicht, das
Rachschwerd Gottes zu regieren! Du erlagst bei
dem ersten Griff! —

E 2

Nun denn, hier entsag' ich dem frechen Plan';
geh, mich in irgend eine Kluft der Erde zu verkrie-
chen, wo der Tag vor meiner Schande zurück tritt.
(er will fliehn)

## Eilfter Auftritt.

### Roller eilig. Räuber Moor.

Roll. Sieh' dich vor, Hauptmann! Wir sind
verrathen! Es spukt! Ganze Haufen böhmischer
Reuter schwadroniren im Holz herum. —

## Zwölfter Auftritt.

### Schufterle. Vorige.

Schufterle. Häuptmann! Hauptmann! Sie
haben uns die Spur abgelauert. — Rings ziehn
ihrer etliche tausend einen Kordon um den mitt-
lern Wald.

## Dreizehnter Auftritt.

### Spiegelberg. Vorige.

Spiegelb. Weh! Weh! wir sind gefangen!
Wir sind gerädert! Wir sind geviertheilt! Viele
tausend Husaren, Dragoner und Jäger sprengen

um die Anhöh', und halten die Luftlöcher besetzt.

Räuber M. (geht ab)

## Vierzehnter Auftritt.

**Schweizer. Razmann. Schufterle. Räubertrupp** (von der andern Seite kommend.) **Vorige.**

Schweiz. Haben wir sie aus den Federn geschüttelt? Freu' dich doch, Roller! Das hab' ich mir lange gewünscht, mich mit so Komisbrod-Rittern herumzuhauen. — Wo ist der Hauptmann? Ist die ganze Bande beisammen? — Wir haben doch Pulver genug?

Razm. Pulver, die schwere Menge. Aber unser sind achtzig in allem, und so immer kaum einer gegen ihrer zwanzig.

Schweiz. Desto besser! Sie setzen ihr Leben an zehn Kreuzer; fechten wir nicht für Hals und Freiheit? — Wo zum Teufel! ist denn der Hauptmann?

Spiegelb. Er verläßt uns in dieser Noth. Können wir denn nicht mehr entwischen?

Schweiz. "Entwischen?" — So wollt' ich doch, daß du im Koth erstücktest, du Memme, du! Hatteſt immer ein groſſes Maul, aber wenn du zwei Fäuſte ſiehſt — Zeig' dich jetzt, oder wir wollen dich in eine Sauhaut näh'n und durch Hunde verhetzen laſſen.

Ratzm. Der Hauptmann! Der Hauptmann!
(ſie treten in Ordnung)


## Funfzehnter Auftritt.

### Räuber Moor. Vorige.

Räuber M. (langſam vor ſich) Ich hab' ſie vollends ganz einſchlieſſen laſſen, jetzt müſſen ſie fechten wie Verzweifelte. (laut, den Degen ziehend) Kinder! Nun gilts! Wir ſind verloren, oder wir müſſen fechten wie angeſchoſſ'ne Eber.

Schweiz. Ha! ich will ihnen mit meinem Fänger den Bauch ſchlitzen! Führ' uns an, Hauptmann! Wir folgen dir in den Rachen des Todes! Drauf! Drauf!

Räuber M. Ladet alle Gewehre! Es fehlt doch an Pulver nicht?

Schweiz. Pulver genug, die Erde gegen den Mond zu ſprengen!

Razm. Jeder hat fünf paar Pistolen geladen, jeder noch drei Kugelbüchsen dazu.

Räuber M. Gut, gut! Und nun mus ein Theil auf die Bäume klettern, oder sich ins Dickigt verstecken, und Feuer auf sie geben im Hinterhalt. —

Schweiz. Da gehörst du hin, Spiegelberg!

Räuber M. Wir andern, wie Furien, fallen ihnen in die Flanken.

Schweiz. Darunter bin ich!

Räuber M. Zugleich mus jeder sein Pfeifchen hören lassen, im Wald herumjagen, daß unsre Anzahl schrecklicher scheine, auch müssen alle Hunde los, und in ihre Glieder gehetzt werden, damit sie sich trennen, zerstreu'n und uns in den Schus rennen. Wir drei, Roller, Schweizer und ich, fechten im Gedränge.

Schweiz. Meisterlich! Vortreflich! — Las sie nur anlaufen! — Wir wollen sie zusammenwettern! Ich habe wol eh' eine Kirsche vom Maul weggeschossen.

### Sechzehnter Auftritt.

### Ein Pater. Vorige.

Roll. Still doch! Seht, da kommt so ein Stück vom Pfaffengezücht angestiegen.

E 4

Schweiz. Schmeißt ihn nieder! Laßt ihn nicht zum Wort kommen.

Räuber M. Nicht doch! Ich will ihn hören.

Pater. (vor sich, stutzt) Ist dies das Drachennest. — Mit Eurer Erlaubnis, Ihr Herren! Ich bin ein Diener der Kirche, und draußen acht hundert, die jedes Haar auf meinem Kopf bewachen.

Schweiz. Eine herzbrechende Klausel, sich den Magen warm zu halten.

Räuber M. Schweig, Kamerad! — Sagen Sie kurz, Herr Pater! was haben Sie anzubringen?

Pat. Mich sendet die hohe Obrigkeit, die über Leben und Tod spricht. Ich will ganz glimpflich und gelassen mit Euch reden. — Ihr Diebe! — Ihr Mordbrenner! — Ihr Schelmen! — Giftige Otterbrut, die im Finstern schleicht, und im Verborgenen sticht! — Aussatz der Menschheit! — Höllenbrut! , , ,

Schweiz. Hund! Hör' auf zu schimpfen, oder , , , (drückt ihm den Kolben vor's Gesicht)

Räuber M. Pfui doch, Schweizer! Du verdirbst ihm das Koncept. Er hat seine Predigt so brav auswendig gelernt; spricht ja so glimpflich und gelassen. — Nur weiter, mein Herr! "Höllenbrut!"

Pat. Und du, seiner Hauptmann! Erster der Beutelschneider! Gaunerkönig! — Das Zetergeschrei verlaſſ'ner Mütter heult deinen Ferſen nach! Blut ſauffſt du, wie Waſſer! Menſchen wägen deinem mördriſchen Dolch keine Luftblaſe auf! —

Räuber M. Wahr! ſehr wahr! (an ſeinen Degen geſtemmt) Nur weiter!

Pat. Was? Sehr wahr? Iſt das auch eine Antwort?

Räuber M. Wie, mein Herr? Darauf haben Sie ſich wol nicht gefaßt gemacht. — (gelaſſen) Weiter, nur weiter! Was wollten Sie weiter ſagen?

Pat. (im höchſten Eifer) Entſetzlicher Menſch! Hebe dich weg von mir! Klebt nicht das Blut des ermordeten Reichsgrafen an deinen verfluchten Fingern? Haſt du nicht das Heiligthum des Herrn mit diebiſchen Händen durchbrochen, und mit einem Schelmengrif die geweihten Gefäſſe des Nachtmals entwandt? Wie? Haſt du nicht Feuerbrände in unſere gottesfürchtige Stadt geworfen? und den Pulverthurm über die Häupter guter Chriſten herabgeſtürzt? (mit zuſammengeſchlagenen Händen) Greuliche, greuliche Frevel! die bis zum Himmel hinauf ſtinken und das jüngſte Gericht wafnen!

E 5

74

**Räuber M.** Meisterlich gerathen bis hieher! aber nun zur Sache!—Was läßt mir der hochlöbliche Magistrat durch Sie kund machen?

**Pat.** Was du nie werth bist, zu empfangen.— Schau' um dich, Mordbrenner! Was nur dein Auge absehn kann, bist du eingeschlossen von unsern Reutern. — Hier ist kein Raum zum Entrinnen mehr. —

**Räuber M.** Hört Ihr's wohl, Schweizer und Roller? — Aber nur weiter!

**Pat.** Höre denn, wie gütig, wie langmüthig das Gericht mit dir Bösewicht verfährt. Wirst du jetzt gleich zum Kreuz kriechen und um Gnade und Schonung flehn, siehe! so wird dir die Strenge selbst Erbarmen, die Gerechtigkeit eine liebende Mutter seyn; — sie drückt das Auge bei der Hälfte deiner Verbrechen zu, und läßt es — denk' doch! — und läßt es bei dem Rade bewenden.

**Schweiz.** Hast du's gehört, Hauptmann? Soll ich hingehn, und diesen abgerichteten Schäferhund die Gurgel zusammenschnüren, daß ihm der rothe Saft aus allen Schweislöchern sprudelt? —

**Roll.** Hauptmann! — Sturm! Wetter und Hölle! — Hauptmann! — (zu den andern) Wie er die Unterlippe zwischen den Zähnen klemmt! —

Sprich! Soll ich diesem Kerl das Oberst zu unterst wie einen Kegel aufsetzen?

Schweiz. Mir! Mir! Sieh' mich knie'n vor dir! niederfallen! Mir las die Wollust, ihn zu Bret zusammen zu reiben!

Pat. (schreit laut, und sieht sich nach Hülfe um)

Räuber M. Weg von ihm! Wag' es keiner, ihn anzurühren! (zum Pater) Sehn Sie, Herr Pater! Hier stehn neun und siebenzig, deren Hauptmann ich bin, und weis keiner auf Wink und Kommando zu fliegen, oder nach dem Takt der Kanonen, und draussen stehn acht hundert unter Musketen ergraut. Aber hören Sie nun! So redet Moor, der Mordbrenner Hauptmann: Wahr ist's, ich habe den Reichsgrafen erschlagen, die Dominikuskirche angezündet und geplündert, hab' Feuerbrände in Eure bigotte Stadt geworfen, und den Pulverthurm über die Häupter guter Christen herabgestürzt. — Aber das ist noch nicht alles. Ich habe noch mehr gethan. (er streckt seine linke Hand aus) Bemerken Sie, die vier kostbaren Ringe, die ich an jedem Finger trage. — Diesen Rubin zog ich einem Minister vom Finger, den ich auf der Jagd zu den Füssen seines Fürsten niederwarf. Er hatte sich aus dem Pöbelstande zu seinem ersten Günstling empor geschmeichelt; der Fall seines Nachbars, war seiner Hoheit Schemel. Thränen der Waisen huben ihn hinauf, — Diesen Demant zog ich einem andern dieses Gelichters ab, der Ehrenstellen und Aemter an die Meistbietenden verkaufte, und den trauernden Patrioten von seiner Thür sties. — Diesen Agat, trag' ich einem Pfaffen Ihres Gelichters zur Ehre, den ich mit eig'ner Hand erwürgte, als er auf ofner Kanzel geweint hatte, daß die Inquisition schon so in Verfall käme. — O ich könnte Ihnen noch mehr Geschichtchen von meinen Ringen erzählen, wenn mich nicht schon die paar Worte gereu'ten, die ich mit Ihnen verschwendet habe.

Pat. (voll heiligen Eifers) Feuer vom Himmel! fall' auf die Rotte Korah herunter!

Räuber M. Hört Ihr's wol? Habt Ihr den frommen Stosseufzer bemerkt? Gott, du Allsehender! kann der Mensch denn so blind seyn? — Da donnern sie Sanftmuth und Duldung, predigen Liebe des Nächsten, stürmen wider den Geiz und haben doch Peru um goldner Spangen willen entvölkert. O über Euch Pharisäer! Euch, Falschmünzer der Wahrheit! Euch, — Affen der Gottheit!

Pat. Daß ein Bösewicht noch so stolz seyn kann!

Räuber M. Nicht genug. — Jetzt will ich erst stolz reden. Geh' hin, und sag' dem hochlöbli-

chen Gericht, das über Leben und Tod würfelt: ich
sei kein Dieb, der sich mit Schlaf und Mitternacht
verschwört, und auf der Leiter gros und herrisch
thut. — Was ich gethan habe, werd' ich ohne Zweifel einmal im Schuldbuch des Himmels lesen; aber
mit seinen erbärmlichen Verwesern will ich kein
Wort mehr verlieren. Sag' ihnen, mein Handwerk sei Wiedervergeltung. — Rache sei mein Gewerbe! (er kehrt ihm den Rücken zu)

Pat. Du willst also nicht Schonung und Gnade? — Gut, mit dir bin ich fertig. (wendet sich zu
der Bande) So hört denn Ihr, was die Gerechtigkeit Euch durch mich zu wissen thut! — Werdet
Ihr jetzt gleich diesen verurtheilten Missethäter ge-
bunden überliefern, seht, so soll Euch die Strafe
Eurer Greuel bis auf das letzte Andenken erlassen
seyn. — Die heilige Kirche wird Euch verlorne
Schaafe mit erneuerter Liebe in ihren Mutterschoos
aufnehmen und jedem unter Euch, soll der Weg zu
einem Ehrenamt offen stehn. (er reicht Schweizern
ein Papier mit triumphirenden Lächeln) Nun? nun?
wie schmeckt Euch das, Herr Hauptmann? —
Frisch also! Bindet ihn, und seid frei!

Räuber M. Hört Ihr's auch? Hört Ihr?
Was stutzt Ihr? was steht Ihr verlegen da? Sie
bietet Euch Freiheit, und Ihr seid doch würklich

schon ihre Gefangene; — sie schenkt Euch das Leben, und das ist keine Prahlerei, denn Ihr seid wahrhaftig gerichtet; — sie verheisst Euch Ehren und Aemter, und was kann Euer Loos anders seyn, wenn Ihr auch obsiegtet, als Schmach und Fluch und Verfolgung? — Ueberlegt Ihr nun noch? Wählt Ihr noch? Ist es so schwer, zwischen Himmel und Hölle zu wählen? — Helfen Sie doch, Herr Pater!

Pat. Wie heisst der Teufel, der aus ihm spricht? Der Kerl macht mich wirbeln.

Räuber M. Wie? Noch keine Antwort? Denkt Ihr wol gar, noch mit den Waffen durchzureissen? Schaut doch um Euch! Das werdet Ihr doch nicht denken; das wäre jetzt kindische Zuversicht. — Oder schmeichelt Ihr Euch wol gar, als Helden zu fallen, weil Ihr saht, daß ich mich auf's Getümmel freute? — O glaubt's nicht! Ihr seid nicht Moor. — Ihr seid heillose Diebe! Diebe können nicht fallen, wie Helden fallen. Diebe haben das Recht vor dem Tode zu zittern. — (man hört in der Ferne Trompeten) Hört, wie ihre Hörner tönen! Seht, wie drohend ihre Säbel daher blinken! Wie? noch unschlüssig? Seid Ihr wahnwitzig? — Wißt, ich dank' Euch mein Leben nicht; ich schäme mich Euers Opfers!

Pat. (äufferst erstaunt) Ich werde unsinnig! Ich laufe davon! — Hat man je von so was gehört?

Räuber M. Oder fürchtet ihr wol, ich werde mich selbst erstechen? Kinder! das ist eine unnütze Furcht. Hier werf' ich meinen Dolch weg, und meine Pistolen, und dies Fläschchen mit Gift, das mir einst wohl kommen sollte. — Was? noch unschlüssig? Oder glaubt Ihr vielleicht, ich werde mich zur Wehr setzen, wenn Ihr mich binden wollt? Seht, hier bind' ich meine Hand an diesen Eichenast. Ich bin ganz wehrlos, ein Kind kann mich umwerfen. — Wer ist der erste, der seinen Hauptmann in der Noth verläßt?

Roll. (nach einer kurzen Stille, in wilder Bewegung) Keiner! Und wenn die Hölle uns zehnfach umzingelte! (schwenkt seinen Degen) Wer kein Hund ist, rette den Hauptmann!

Schweiz. (zerreißt den Pardonbrief, und wirft die Stücken dem Pater in's Gesicht) In unsern Kugeln Pardon! Fort Kanaille! Sag' dem Senat, der dich gesandt hat: du träfst unter Moors Bande keinen einzigen Verräther an. — Rettet, rettet den Hauptmann!

Alle. (lärmend durcheinander) Rettet! Rettet! Rettet den Hauptmann! *

Pat. (ab)

Räuber M. (sich losreissend, freudig) Jetzt sind wir frei, Kameraden! Ich fühle eine Armee in meiner Faust. — Tod oder Freiheit! wenigstens sollen sie keinen lebendig haben!

(Man bläst zum Angrif. Lärm und Getümmel. Sie gehn ab mit gezogenen Degen.)

---

# Dritter Akt.

### Erster Auftritt.

#### Gegend an der Donau.

**Die Räuber, (gelagert auf einer Anhöhe, unter Bäumen.)**

Räuber M. Hier mus ich liegen bleiben. (wirft sich auf die Erde) Meine Glieder wie abgeschlagen. Meine Zunge trocken, wie eine Scherbe. — Ich wollt Euch bitten, mir eine Handvoll Wassers aus diesem Strom zu holen; aber Ihr seid alle matt bis in den Tod.

Schweiz. (hat sich unter Moor's Rede weggeschlichen, um Wasser zu holen)

Grimm. Auch ist der Wein all' in unsern
Schläuchen.

Räuber M. Wie herrrlich die Sonne dort un=
tergeht! (in dem Anblick verloren) So stirbt ein
Held! — Anbetenswürdig!

Grimm. (vor sich) Er scheint tief gerührt.

Räuber M. Da ich noch ein Knabe war,
war's mein Lieblingsgedanke, zu leben, wie sie,
zu sterben, wie sie. — (mit verbiß'nem Schmerz)
Es war ein Knabengedanke.

(Pause; dann den Huth über's Gesicht drückend)

Es war eine Zeit — (er springt auf) Laßt mich
allein, Kameraden! (weiter vortretend) Es war ei=
ne Zeit, wo ich nicht schlafen konnte, wenn ich mein
Nachtgebet vergessen hatte. — — O! O! Diese
Welt ist so schön! — Diese Erde so herrlich! — Und
ich, so häslich auf dieser schönen Welt! — Und ich,
ein Ungeheuer auf dieser schönen Erde! (zurückge=
sunken an einen Baum) Der verlorne Sohn! —

Grimm. (zu Razmann, beiseite) Sieh! Sieh!
— Alle Teufel! Was hat er? Was fehlt ihm?

Räuber M. (nach einer Pause, sehr wehmüthig)
O meine Unschuld! Meine Unschuld! — Da ist
alles hinausgegangen, sich im friedlichen Stral
des Frühlings zu sonnen. Warum ich allein die
Hölle saugen aus den Freuden des Himmels? —

F

Daß alles so glücklich ist! Durch den Geist des Friedens alles so verschwistert! Die ganze Welt eine Familie und ein Vater dort oben. — Mein Vater nicht! — Ich allein der verstoß'ne, der verlorne Sohn! Ich allein ausgemustert aus dem Reiche der Reinen. — Umlagert, von Mördern; — von Nattern umzischt; — angeschmiedet an's Laster mit eisernen Ketten. —

(längere Pause. Dann mit zunehmender Wehmuth)

Daß ich wiederkehren dürfte in meiner Mutter Leib! daß ich ein Bettler geboren werden dürfte! Nein! mehr wollt' ich nicht, als daß ich werden dürfte, wie dieser Tag'löhner einer! O ich wollte mich abmüden, daß mir das Blut von den Schläfen rollte, — mir die Wollust eines einzigen Mittagsschlafs, die Seeligkeit einer einzigen Thräne zu erkaufen!

Grimm. (wie vorhin, zu den andern) Nur Geduld! Der Paroxismus scheint schon im Fallen.

Räuber M. Es war eine Zeit, wo sie mir so gern flossen. — O ihr Tage des Friedens! Du Schlos meines Vaters! Ihr grünen schwärmerischen Thäler! — O all' ihr Elisiumsscenen meiner Kindheit! werdet ihr nimmer zurückkehren? nimmer mit köstlichem Säuseln meinen brennenden

Busen kühlen? Dahin! Dahin! Unwiderbring-
lich! —

### Zweiter Auftritt.

### Schweizer. Vorige.

Schweiz. (der mit Wasser zurückkömmt) Trink,
Hauptmann! Hier ist Wasser genug, und frisch
wie Eis.

Grimm. Du blutest ja. — Was hast du gemacht?

Schweiz. Narr! einen Spas, der mich bald
zwei Beine und einen Hals gekostet hätte. Wie ich
so auf dem Sandhügel am Flus hintrolle, glitsch!
so rutscht der Plunder unter mir ab, und ich zehn
rheinländische Schuh lang hinunter. — Da lag ich,
und wie ich mir eben meine fünf Sinne wieder zu-
recht setze, tref' ich dir das klarste Wasser im Kies.
Genug diesmal für den Tanz, dacht' ich; dem Hauptmann wird's wohl schmecken.

Räuber M. (giebt Schweizern den Huth zurück,
und wischt ihm sein Gesicht ab) Sonst sieht man ja
die Narben nicht, die die böhmischen Reuter in deine Stirn' gezeichnet haben. — Dein Wasser war
gut, Schweizer. — Diese Narben stehn dir schön.

F 2

24

Schweiz. Pah! Hat noch Platz genug für ihrer dreißig!

Räuber M. Ja Kinder, es war ein heisser Nachmittag; und nur Eilf Mann verloren! Mein Roller starb einen schönen Tod. Man würd' einen Marmor auf seine Gebeine setzen, wenn er nicht mir gestorben wäre. Nehmt vorlieb mit diesem Denkmaal! (er wischt sich die Augen) — Wie viel waren's doch von den Feinden, die auf dem Platz blieben?

Schweiz. Zweihundert in allem, wie man sagt.

Räuber M. Zweihundert für eilf! Jeder von Euch hat Anspruch an diesen Scheitel! (er entblösst sich das Haupt) Hier heb' ich meinen Dolch auf! So wahr meine Seele lebt! — ich will Euch niemals verlassen!

Schweiz. Schwöre nicht! Du weisst nicht, ob du nicht noch glücklich werden, und bereuen wirst.

Räuber M. Bei den Gebeinen meines Rollers! ich will Euch niemals verlassen.

### Dritter Auftritt.
#### Rosinsky. Vorige.

Ros. (vor sich) In diesem Revier herum, sagen sie, werd' ich ihn antreffen. — He! Holla!

Was sind das für Gesichter? Sollten's ⸗ ⸗ wie, wenn's diese ⸗ ⸗ Ja, sie sind's! sie sind's! Ich will sie anreden.

Grimm. Gebt acht! Wer kommt da?

Kos. Meine Herren! verzeihn Sie! Ich weiß nicht, geh' ich recht oder unrecht?

Räuber M. Und wer müssen wir seyn, wenn Sie recht gehn?

Kos. Männer!

Schweiz. Ob wir das auch gezeigt haben, Hauptmann?

Kos. Männer such' ich, die dem Tod in's Gesicht sehn und die Gefahr, wie eine zahme Schlange, um sich spielen lassen; die Freiheit höher schätzen, als Ehre und Leben; deren bloſſer Name die Beherzteſten feig, und Tirannen bleich macht.

Schweiz. (zum Hauptmann) Der Bursche gefällt mir. Höre, guter Freund! Du haſt deine Leute gefunden.

Kos. Das denk' ich, und will hoffen, bald meine Brüder. — So könnt Ihr mich denn zu meinem rechten Manne weiſen: denn ich such' Euern Hauptmann, den groſſen Grafen Moor.

Schweiz. (giebt Kosinsky die Hand mit Wärme) Lieber Junge! wir du tz en einander.

F 3

Räuber M. (näher kommend) Kennen Sie
auch den Hauptmann?

Kos. (starrt ihn an) Du bist's. In dieser Mine, — wer sollte dich ansehn, und einen andern
suchen?

Schweiz. Blitzbube!

Räuber M. Und was führt Sie zu mir?

Kos. O Hauptmann! Mein mehr, als grausa-
mes Schicksal. — Ich habe Schifbruch gelitten
auf der ungestümen See dieser Welt. Die Hofnungen meines Lebens hab' ich in den Grund sin-
ken sehn, und mir blieb nichts übrig, als die mar-
ternde Erinn'rung ihres Verlusts, die mich wahnsin-
nig machen würde, wenn ich sie nicht durch anders-
weitige Thätigkeit zu ersticken suchte.

Räuber M. (beiseite) Schon wieder ein vom
Himmel Verworfner! — Nur weiter!

Kos. Ich wurde Soldat. Das Unglück ver-
folgte mich auch da. Ich macht' eine Fahrt nach
Ostindien mit; mein Schiff scheiterte an Klippen.
— Nichts, als fehlgeschlagne Plane! Ich hör' endlich weit und breit von deinen Thaten erzälen, —
Mordbrennereien, wie sie sie nannten, — und
bin hieher gereist, dreißig Meilen weit, mit dem
vesten Entschlus, unter dir zu dienen, wenn du mei-

ne Dienſte annehmen willſt. Ich bitte dich, wür‑
diger Hauptmann, ſchlag' mir's nicht ab!

Schweiz. (mit einem Sprunge) Heiſa! Heiſa!
So iſt ja unſer Roller zehnhundertfach vergütet! —
Ein ganzer Mordbruder für unſre Bande!

Räuber M. Wie iſt dein Name?

Koſ. Koſinsky.

Räuber M. Wie, Koſinsky? Weiſſt du auch,
daß du ein leichtſinniger Knabe biſt, und über den
gröſten Schritt deines Lebens weggauckelſt, wie ein
unbeſonnenes Mädchen? — Hier wirſt du nicht
Bälle werfen, oder Kegelkugeln ſchieben, wie du
dir einbildeſt.

Koſ. Ich weis, was du ſagen willſt. — Ich
bin vier und zwanzig Jahr alt; aber ich habe De‑
gen blinken geſehn, und Kugeln um mich ſurren
gehört.

Räuber M. So, junger Herr? — Und haſt
du dein Fechten nur darum gelernt, arme Reiſende
um einen Reichsthaler niederzuſtoſſen, oder Weiber
hinterrücks tod zu ſtechen? Geh, geh! Du biſt
deiner Amme entlaufen, weil ſie dir mit der Ruthe
gedroht hat.

Schweiz. Was zum Henker, Hauptmann!
Was denkſt du? Willſt du dieſen Herkules fort‑
ſchicken?

Räuber M. Weil dir deine Lappereien misglük=
ken, so kommst du und willst ein Schelm, ein Meu=
chelmörder werden? — Mord, Knabe! verstehst
du das Wort auch? Du magst ruhig schlafen ge=
gangen seyn, wenn du Mohnköpfe abgeschlagen
hatt'st; aber einen Mord auf der Seele zu tra=
gen ; ; ;

Kos. Jeden Mord, den du mich begehn heißt,
will ich verantworten.

Räuber M. Was? Bist du so klug? Willst
du dich anmaaßen, einen Mann mit Schmeichelei'n
zu fangen? Woher weißt du, daß ich nicht böse
Träume habe, oder auf dem Todbette nicht werde
blaß werden? — Sag' mir, wie viel hast du
schon gethan, wobei du an Verantwortung gedacht
hast?

Kos. Warlich noch sehr wenig; aber doch diese
Reise zu dir, Graf!

Räuber M. Hat dir etwa dein Hofmeister ir=
gend die Geschichte eines Abendtheurers in die Hän=
de gespielt? — Man sollte dergleichen unvorsichtige
Kanaillen auf die Galeere schmieden. War sie's,
die deine kindische Phantasie erhitzte und dich mit
der tollen Sucht zum großen Mann ansteckte? Kü=
tzelt dich nach Namen und Ehre? Willst du Un=
sterblichkeit mit Mordbrennerei'n erkaufen? Merk'

dir's, ehrgeitziger Jüngling! Für Mordbrenner grün't kein Lorbeer! Auf Banditensiege ist kein Triumph gesetzt; — aber Fluch, Gefahr, Tod, Schande. (führt ihn zur Seite) Siehst du auch das Hochgericht dort auf dem Hügel?

Spiegelb. (unwillig auf- und abgehend, halb vor sich) Ei, wie dumm! Wie abscheulich dumm! das ist die Manier nicht! Ich hab's anders gemacht.

Kos. Was soll der fürchten, der den Tod nicht fürchtet?

Räuber M. Brav! Unvergleichlich! Du hast dich wacker auf Schulen gehalten, hast deinen Seneka meisterlich auswendig gelernt. — Aber lieber Freund! mit deinen Sentenzen wirst du die leidende Natur nicht beschwatzen; damit wirst du die Pfeile des Schmerzes nimmermehr stumpf machen. Besinne dich recht, mein Sohn. (er nimmt seine Hand) Denk', ich rathe dir, als ein Vater. Lern' erst die Tiefe des Abgrunds kennen, eh' du hineinspringst! — Wenn du noch in der Welt eine einzige Freude zu erhaschen weißt, — es könnten Augenblicke kommen, wo du aufwachst, und dann möcht' es zu spät seyn. Du trittst hier gleichsam aus dem Kreise der Menschheit. Entweder mußt du ein höherer Mensch seyn, oder du bist ein Teufel. — Noch einmal, mein Sohn! wenn dir noch

F 5

ein Funken von Hofnung irgend anderswo glimmt, so verlas diesen schrecklichen Bund. Man kann sich täuschen. Glaube mir, man kann das für Stärke des Geistes halten, was doch am Ende Verzweiflung war. — Glaube mir! mir! und mach' dich eilig hinweg!

Kos. Nein, ich fliehe jetzt nicht mehr. Wenn dich meine Bitten nicht rühren, so hör' die Geschichte meines Unglücks. — Du wirst mir dann selbst den Dolch in die Hände zwingen; du wirst ، ، ، Lagert Euch hier auf dem Boden und hör't mir aufmerksam zu!

Räuber M. Ich will sie hören. (er bleibt stehn)

Räuber. (lagern sich)

Kos. Wiss't also, ich bin ein böhmischer Edelmann und wurde, durch den frühen Tod meines Vaters, Herr eines ansehnlichen Ritterguts. Die Gegend war paradiesisch: denn sie enthielt einen Engel; — ein Mädchen, geschmückt mit allen Reitzen der blühenden Jugend und keusch, wie das Licht des Himmels. Doch, wem sag' ich das? Es schallt an Euren Ohren vorüber; Ihr habt niemals geliebt, seyd niemals geliebt worden.

Schweiz. Sachte, sachte! Unser Hauptmann wird feuerroth.

**Räuber M.** Hör' auf! ich will's ein andermal hören; — morgen, nächstens, oder — wenn ich Blut gesehn habe.

**Kos.** Blut, Blut. — Höre nur weiter! Blut, sag' ich dir, wird deine ganze Seele füllen! Sie war bürgerlicher Geburt, eine Deutsche; — aber ihr Anblick schmelzte die Vorurtheile des Adels hinweg. Mit der schüchternsten Bescheidenheit nahm sie den Trauring von meiner Hand, und übermorgen sollt' ich meine Amalia zum Altar führen.

**Räuber M.** (geht schnell beiseite und sucht, seine Bewegung zu verbergen)

**Kos.** Mitten im Taumel der auf mich wartenden Seeligkeit, unter den Zurüstungen zur Vermählung, — ward' ich durch einen Expressen nach Hof citirt. Ich stellte mich. Man zeigte mir Briefe, die ich geschrieben haben sollte, voll verrätherischen Inhalts. Ich erröthete über der Bosheit; man nahm mir den Degen ab; warf mich in's Gefängnis; alle meine Sinnen waren hinweg.

**Schweiz.** Und unterdessen?⸱⸱⸱ Nur weiter! Ich rieche den Braten schon.

**Kos.** Hier lag ich einen Monat lang, und wußte nicht, wie mir geschah. Mir bangte für meine Amalia, die meines Schicksals wegen jede Minute einen Tod würde zu leiden haben. Endlich

erschien der erste Minister des Hofes, wünschte mir
zur Entdeckung meiner Unschuld Glück; mit zucker-
süssen Worten lies't er mir den Brief meiner Freiheit vor, und giebt mir meinen Degen wieder.
Jetzt, im Triumph, wieder nach meinem Schlos, in
die Arme meiner Geliebten zu fliegen; — sie war
verschwunden. "In der Mitternacht sei sie wegge-
bracht worden; wüsst' niemand, wohin? und seitdem mit keinem Aug' mehr gesehn." Hui! das schos
mir auf, wie der Blitz. Ich flieg' nach der Stadt;
sondir' am Hof; — alle Augen wurzeln auf mir,
niemand will Bescheid geben. Endlich entdeck'
ich sie durch ein verborgnes Gitter im Pallast. —
Sie warf mir ein Billetchen zu.

Schweiz. Hab' ich's nicht gesagt?

Ros. Hölle, Tod und Teufel! da stand's! Man
hatt' ihr die Wahl gelassen, ob sie mich lieber sterben sehn, oder die Maitresse des Fürsten werden
wollte. Im Kampf zwischen Ehre und Liebe, ent-
schied sie für's zweite; — und (lachend) ich war
gerettet.

Schweiz. Was that'st du da?

Ros. Da stand ich, wie von tausend Donnern
getroffen! — Blut! war mein erster Gedanke;
Blut! mein letzter. Schaum auf dem Munde,
renn' ich nach Haus, wähl' mir einen dreispitzigen

Degen, und damit in aller Haſt nach des Miniſters
Haus; denn nur er — er nur war der höllische
Kuppler geweſen. Man muſſt' mich von der Gaſſe
bemerkt haben, denn wie ich hinauf trat, waren al=
le Zimmer verschloſſen. Ich ſucht', ich fragte; —
"er ſei zum Fürſten gefahren," war die Antwort.
Ich macht' mich grades wegs dahin; man wollt'
nichts von ihm wiſſen. Ich ging zurück, ſprengte
die Thüren ein, fand' ihn, und wollt' eben — aber
da sprangen fünf bis ſechs Bediente aus dem Hin=
terhalt und entwanden mir den Degen.

Schweiz. (ſtampft auf den Boden) Und er krieg=
te nichts? und du zogſt leer ab?

Roſ. Ich ward ergriffen, angeklagt, peinlich
proceſſirt, infam, — merkt's Euch! — aus beſon=
derer Gnade infam aus den Gränzen gejagt;
meine Güter fielen als Präſent dem Miniſter zu;
ach! und meine Amalia blieb in den Klauen des
Tigers, — verſeufzt und vertrauert ihr Leben, wäh=
rend daß meine Rache faſten und ſich unter das
Joch des Despotismus krümmen muß.

Schweiz. (aufſtehend, ſeinen Degen wetzend)
Das iſt Waſſer auf unſre Mühle, Hauptmann! Da
giebt's was anzuzünden!

Räuber M. (der bisher in heftigen Bewegun=
gen hin und her gegangen, tief in ſich gekehrt)

Franz, der die Hofnungen der edelsten Fräuleins mit Füssen tritt, — Franz kommt und bietet einer armen, ohne ihn hülflosen, Waise sein Herz, seine Hand und mit ihr all' sein Gold, all' seine Schlösser und Wälder an. Franz, der Beneidete, der Gefürchtete erklärt sich freiwillig für Amaliens Sklaven. —

Amal. Warum spaltet der Blitz diese ruchlose Zunge nicht, die das Frevelwort ausspricht! — Du hast meinen Geliebten ermordet, und Amalia soll dich Gemahl nennen? D i ch?

Franz M. Nicht so ungestüm, allergnädigste Prinzessin! — Freilich krümmt Franz sich nicht, wie ein girrender Seladon vor dir. Freilich hat er nicht gelernt, gleich Arkadiens schmachtenden Schäfern, dem Echo der Grotten und Felsen seine Liebesklagen entgegen zu jammern; — Franz spricht, und wenn man nicht antwortet: so wird er — befehlen.

Amal. Wurm! Du befehlen? mir befehlen? — Und wenn man den Befehl mit Hohnlachen zurückschickt?

Franz M. Das wirst du nicht. Noch weis ich Mittel, die den Stolz eines einbildischen Starrkopfs so hübsch niederbeugen können. — Kloster und Mauern!

Amal. O bravo! herlich! Dort von deinem Baſilisken-Anblick auf ewig verſchont und nur Muſſe genug, an Karln zu denken. — Willkommen mit deinem Kloſter! Auf auf mit deinen Mauern!

Franz M. Haha! Iſt es das? — Gieb acht! Jetzt haſt du mich die Kunſt gelehrt, wie ich dich quälen ſoll. Dieſe ewige Grille von Karln ſoll dir mein Anblick, gleich einer feuerhartgen Furie, aus dem Kopfe geiſſeln; das Schreckbild Franz ſoll hinter dem Bild deines Lieblings im Hinterhalt lauern; — an den Haaren will ich dich in die Kapelle ſchleifen und, den Degen in der Hand, dir den ehelichen Schwur aus der Seele preſſen.

Amal. (giebt ihm eine Maulſchelle) So nimm erſt das zur Ausſteuer hin!

Franz M. (aufgebracht) Ha! wie das zehnfach und wieder zehnfach geahndet werden ſoll! Nicht meine Gemahlin, — dieſe Ehre ſollſt du nicht haben: — meine Maitreſſe ſollſt du werden, damit ehrliche Bauerweiber mit Fingern auf dich deuten, wenn du es wagſt, über die Gaſſe zu gehn. Knirſche nur mit den Zähnen; ſpei' Feuer und Mord aus den Augen: — mich ergötzt der Grimm eines Weibes. Er macht dich nur ſchöner, begehrenswerther. Komm! Dieſes Sträuben wird meinen Tri-

G

umph zieren, und mir die Wolluſt in erzwung'nen Umarmungen würzen. Komm mit zum Altar! Jetzt gleich ſollſt du mit mir gehn! — (will ſie fortreiſſen)

Amal. (fällt ihm um den Hals) Verzeih mir, Franz! (indem er ſie umarmen will, reißt ſie ihm den Degen von der Seite und tritt haſtig zurück) Siehſt du, Böſewicht, was ich jetzt aus dir machen kann? Ich bin ein Weib, aber ein raſendes Weib! Wag' es einmal! — Dieſer Stahl ſoll deine geile Bruſt mitten durchrennen, und der Geiſt meines Oheims wird mir die Hand dazu führen. Fleuch auf der Stelle! (ſie jagt ihn davon)

## Fünfter Auftritt.

### Amalia allein.

Ah! wie mir ſo wohl iſt! Jetzt kann ich wieder frei athmen. — (nachdenkend) In ein Kloſter ſagt' er? — Dank' dir für dieſe glückliche Entdeckung! Die betrogne Liebe hat ihre Freiſtadt gefunden. Kloſter und Mauern ſind die Freiſtadt der betrogenen Liebe. (ab, mit dem Degen in der Hand)

# Vierter Akt.

## Erster Auftritt.

### Bildergallerie im Schlos.

Amalia. (Bald drauf ein) Bedienter. (Dann) Räuber Moor (in Reise-kleidern.)

Amal. (sitzt stumm und traurig vor den Bildnissen des verstorbenen Grafen und Karls. Auf ihrem Schoos liegt ein Nonnengewand. Nach einer Weile steht sie auf) Gnug für heut, der wehmüthigen Wonne! Morgen früh seh' ich euch noch einmal; — zum letztenmal!

Bed. (tritt auf) Ein fremder Graf aus dem Meklenburgischen hat um die Erlaubnis ersucht, das Schlos und die Gallerie zu besehn. Darf ich ihn herein führen?

Amal. Sobald ich mich entfernt habe.

Bed. (ab. Eh' Amalia noch abgehen kann, tritt) Räuber M. (herein)

Amal. (stutzt bei seinem Anblick)

Räuber M. (mit einer Verbeugung) Ich bitte, meines Zudringens wegen, um Verzeihung. — Nach

einer faſt dreijährigen Entfernung aus meinem Va=
terlande, eil' ich, meinen alten Freund, den Grafen
Moor, wieder zu ſehn. Bei meiner Ankunft hör'
ich, er ſei tod. — Wird es mir nun wol vergönnt
ſeyn, ihn wenigſtens noch einmal in ſeinem Bilde
zu ſehn?

Amal. Sehr gern. Für den Freund des Ver=
ſtorbenen, eine geringe Entſchädigung. (vor ſich)
Ich erſtaune. Die Aehnlichkeit dieſes Geſichts —
(indem ſie ſich wieder zu faſſen ſucht) Getrauen Sie
ſich denn wol, ihn unter dieſen Gemälden wieder
zu erkennen?

Räuber M. O ganz gewis. Sein Bild war
immer lebendig in mir. (an den Gemälden herum ge=
hend) Dieſer iſt's nicht; — der auch nicht; — auch
dieſer nicht. — (ſchnell, mit einer fliegenden Röthe)
Dieſer iſt's! Unverkennbar ſeine edle hohe Mine! —
Dieſer ſanftmüthige Zug um den Mund — (ſehr be=
wegt) Ein vortreflicher Mann!

Amal. Der Herr Graf ſcheinen viel Antheil an
ihm zu nehmen.

Räuber M. (in den Anblick verſunken) O ein
vortreflicher Mann! ein göttlicher Mann! — Und
er ſollte dahin ſeyn?

Amal. Dahin, — wie unſre beſten Freuden da=
hin gehn. — (ſanft ſeine Hand ergreifend) O

Herr Graf! es reift keine Seeligkeit unter dem Monde.

Räuber M. Sehr wahr, sehr wahr! — Und sollten auch Sie schon diese traurige Erfahrung gemacht haben? — Noch können Sie nicht zwei und zwanzig Jahr alt seyn.

Amal. Und habe sie gemacht. — Alles lebt, um traurig wieder zu sterben. Wir interessiren uns nur darum, — wir gewinnen nur darum, daß wir wieder verlieren.

Räuber M. (sieht ihr scharf ins Gesicht) Sie verlohren schon etwas?

Amal. Nichts. — Ach! Alles! — (mehr in sich) Nichts.

Räuber M. Und wollen es nun wol vergessen lernen, in diesem heiligen Kleide da?

Amal. Morgen schon, hof' ich. — Wollen wir weiter gehn, Herr Graf?

Räuber M. So eilig? Wes ist das Bild rechter Hand dort? Mich deucht, es ist eine unglückliche Phisiognomie.

Amal. Dies Bild linker Hand, ist der Sohn des Grafen, der würkliche Herr.

Räuber M. Der einige Sohn?

Amal. Kommen Sie, — kommen Sie!

Räuber M. Aber dies Bild rechter Hand?

G 3

Amal. Sie wollen nicht in den Garten gehn?

Räuber M. Aber dies Bild rechter Hand?
— Du weinst, Amalia?

Amal. (entfernt sich schnell.)

## Zweiter Auftritt.

### Räuber Moor (allein.)

Sie liebt mich! Sie liebt mich! Verrätherisch
rollten die Thränen von ihren Wangen. Sie liebt
mich! — Ist das die Stelle, wo ich an ihrem Halse in Wonne schwamm? Sind das die väterlichen
Säle? Hier! — hier! — Nein, Moor! Geh' in
dein Elend zurück! (Pause. Dann sehr bewegt) Lebe
wohl, theures Vaterhaus! Einst sahst du den Kna-
ben Karl; — und der Knabe war ein glücklicher
Knabe. Jetzt sahst du den Mann; und er war in
Verzweiflung. (eilt schnell bis zum äussersten Ende
der Bühne, wo er plötzlich stille steht, mit Wehmuth)
Aber wie? Sie nicht mehr sehn? Kein Lebewohl?
— Keinen Blick mehr? Nein! Nein! den Gift-
trunk dieser Wollust mus ich noch in mich schlürfen;
und dann fort! so weit die Rache mich peitscht
— und Verzweiflung! (ab)

## Dritter Auftritt.

### Franz von Moor, (in tiefen Gedanken, von der andern Seite.)

Weg mit diesem Bilde! — Weg, feige Memme! Was zagst du, und vor wem? Ist mir's nicht
die wenigen Stunden, die der Graf in diesen Mauern zubringt, als schlich' immer ein Spion der Hölle
meinen Fersen nach? — Ich sollt' ihn kennen! Es
ist so etwas grosses, — oft gesehenes in seinem
wilden sonneverbrannten Gesicht, das mich beben
macht. (auf und nieder, endlich zieht er die Glocke)
Holla, Franz! Sieh dich vor! Dahinter steckt irgend
ein verderbenschwang'res Ungeheuer!

## Vierter Auftritt.
### Daniel (kömmt.) Franz.

Dan. Was steht zu Befehl, mein Gebieter?

Franz M. (nachdem er ihn lange bedeutend betrachtet) Nichts! — Fort! fülle einen Becher
Wein! aber hurtig!

(Dan. ab)

## Fünfter Auftritt.
### Franz.

Was gilts? dieser beichtet, wenn ich ihn auf
die Folter spanne. In's Aug' will ich ihn fassen,

G 4

so ftarr, daß fein getroff'nes Gewiffen mitten durch die Larve erblaffen foll. (er fteht forfchend dem Portrait Karls gegen über) Sein ftarker Hals, — fein fchwarzes überhängendes bufchigtes Augenbraun, — feine feuerwerfende Augen, — (plötzlich zufammen fahrend) Schadenfrohe Hölle! Jagft du mir diefe Ahndung ein? Es ift Karl!

### Sechfter Auftritt.

#### Daniel (mit Wein.) Franz.

**Franz M.** Stell' ihn hieher! — Sieh' mir veft in's Aug'! — Wie deine Kniee fchlottern! Wie du zitterft! Gefteh', Alter! was haft du gethan?

**Dan.** Nichts, fo wahr Gott lebt und meine arme Seele!

**Franz M.** Trink' diefen Wein aus! — Was? Du zauderft? — Trink', fag' ich, diefen Augenblick! Was haft du in den Wein geworffen?

**Dan.** Hilf Gott! Was? Ich? in den Wein?

**Franz M.** Gift haft du in den Wein geworffen! Bift du nicht bleich, wie Schnee? Gefteh! gefteh! Wer hat dir's gegeben? Nicht wahr, der Graf — der Graf hat dir's gegeben?

Dan. Der Graf? Jesus Maria! der Graf hat mir nichts gegeben!

Franz M. (greift ihn hart an) Ich will dich würgen, eisgrauer Lügner du! Nichts? Und was stecktet Ihr denn so beisammen? Er und du und Amalia? Und was flüstertet Ihr immer zusammen? — (ihn beiseite nehmend) Gelt! er steckte dir gewis Geld in deinen Beutel? oder drückte dir die Hand, stärker als der Brauch ist? so ohngefähr, wie man sie seinen alten Bekannten zu drücken pflegt?

Dan. Niemals, mein Gebieter!

Franz M. Sagt' er dir nicht, — besinne dich recht! daß er sich rächen wolle, — auf das grimmigste rächen wolle?

Dan. Nicht einen Laut davon.

Franz M. Was? Gar nichts? Besinne dich recht! — Daß er den alten Herrn sehr genau — besonders genau gekannt, — daß er ihn liebe, — ungemein liebe, wie ein Sohn liebe. —

Dan. Etwas dergleichen, erinn're ich mich, von ihm gehört zu haben.

Franz M. (erschrocken) Hat er? Hat er würklich? — Er sagte, er sei mein Bruder?

Dan. Nein! das sagte er nicht. Aber wie ihn das Fräulein in der Gallerie herumführte, — ich horcht' an der halb ofnen Thüre, — da stand er bei

G 5

dem Portrait des seeligen Herrn plötzlich still, wie vom Donner gerührt. Das Fräulein deutete drauf hin, und sagte: "ein vortreflicher Mann!" — Ja, ein vortreflicher Mann! gab er zur Antwort, indem er sich die Augen wischte.

**Franz M.** Genug! Geh'! Lauf! Spring'! Hole mir Herrmann!

(Dan. ab)

## Siebenter Auftritt.

### Franz Moor.

Es ist am Tag. Es ist Karl! — Er wird auftreten und fragen: "wo ist mein Erbe?" (nach einer Weile, indem er auf- und abgeht) Wie? Hab' ich darum meine Nächte verprasst, darum Felsen hinweg geräumt und Abgründe eben gemacht? Bin ich darum gegen alle Instinkte der Menschheit rebellisch worden? (nach einigem Nachdenken, laut lachend) Ha! ha! ha! — Sachte! nur sachte! Es ist ja nur noch Spielarbeit übrig. So eine Art von Mord! — Der ist ein Stümper, der sein Werk nur auf die Hälfte bringt, und dann weggeht und müssig zugaft, wie es weiter damit werden wird.

## Achter Auftritt.

### Daniel (zurück. Hernach) Hermann.
### Voriger.

Dan. Durch ein Ohngefehr fand ich Herrmann in der Nähe des Schlosses. Im Augenblick wird er hier seyn.

Franz M. Wohl! Las uns allein!

Dan. (ab)

Franz M. Zwar fürcht' ich mit Recht, ihn mistrauisch und aufsätzig zu finden; aber ich weis noch Mittel, sein erwachendes Gewissen zu kirren. Wer ist mir ähnlich? — Doch still! Dort ist er! (eilt Herrmann entgegen) Ha! willkommen, mein Eurypalus! meiner Künsterüstiges Werkzeug! — mein Freund!

Herrm. (kurz und störrig) Ihr liesst mich holen, Graf!

Franz M. Damit du das Siegel drücktest auf dein Meisterstück.

Herrm. (in den Bart) Würklich?

Franz M. Den letzten Pinselstrich ans Gemälde. —

Herrm. Potz!

Franz M. (stutzt) Soll ich etwa den Wagen

vorfahren laſſen? Wollen wir's auf der Spazier=
farth ins Reine bringen?

Herrm. Ohne Umſtände, wenn's Euch gefällig
iſt. — Zu dem, was wir heute mit einander in's
Reine bringen werden, mag wol dieſer Quadrat=
ſchuh Raum's hinreichen. — Allenfalls könnt' ich
ein paar Worte voraus ſchicken, um Eurer Lunge
für die Zukunft zu ſchonen.

Franz M. (zurückgezogen) Hm! — und welche
wären dies?

Herrm. (hämiſch, ihn nachäffend) "Du ſollſt
Amalien haben! — Hier meine ritterliche Hand
drauf!" —

Franz M. (erſtaunt) Herrmann!

Herrm. (wie oben, immer den Rücken zur Hälfte
gegen Franz gekehrt) "Amalie ſei dein! — Drei
der ſchönſten Länderei'n meiner Grafſchaft dein!
— Hier meine ritterliche Hand drauf!" (bricht in
ein wüthendes Lachen aus. Drauf trotzig zu Franz)
Was habt Ihr mir zu ſagen, Graf Moor?

Franz M. (ausweichend) Dir nichts, — ich
ſchickte nach Herrmann.

Herrm. Ohne Seitenſprung! — Schon drei
Wochen ſind's ſeit Euers Vaters Tod. Weh' Euch,
wenn ich mit Ablauf der vierten Euch noch falſch
und treulos finde! (Franz geht betroffen auf und ab)

Sagt, warum ward ich hieher gesprengt? — Wieder der Narr zu seyn, wie vordem, und dem Diebe beim Einbrechen die Leiter zu halten? Mich zu Euerm Bärnhäuter zu verdingen um einen Schilling? War's nicht so?

**Franz M.** (besonnen) Ja recht! — Daß wir die Hauptsache nicht verplaudern! — Mein Kammerdiener wird dir schon gesagt haben; — ich wollt' dich nur über die Aussteuer hören.

**Herrm.** Ich glaub', Ihr foppt mich; — oder schlimmer, schlimmer sag' ich, wenn's nicht gefoppt ist. Moor! nehmt Euch in acht! — Macht mich nicht rasend, Moor! Wir sind allein. Hab' ich doch ohnehin noch einen ehrlichen Namen mit Euch wett' zu spielen. Trau't dem Teufel nicht, den Ihr selbst warbt!

**Franz M.** Gilt diese Begegnung mir? — Zitt're, Sklave!

**Herrm.** (mit Spott) Doch wol nicht gar vor Eurer Ungnade? (lacht überlaut) — Pfui, Moor! Schon verabscheu' ich den Schurken in Euch; macht nicht, daß ich auch noch den Gecken belache. (ihn weiter vorführend) Ich kann das Siegel Eurer Geburt lösen; — kann Gräber sprengen und Todte auferstehn heissen. — Wer ist nun Sklave?

Franz M. (sehr geschmeidig) Freund! sei vernünftig und nicht treulos.

Herrm. Schweigt! Hier ist Fluch die beste Vernunft, und Aberwitz hies hier Treue. — Wehe, wehe mir! Meine Zähne werden klappern um diese Treue, wenn eine kleine Dosis von Untreue damals mich zum Heiligen gemacht hätte. — Doch Geduld! Geduld! Auch die Rache ist pfiffig!

Franz M. Ah! recht gut, daß ich mich erinn're. Du hast neulich einen Beutel mit hundert Louis in diesem Zimmer verloren. Fast wär' das vergessen worden. Nimm zurück Kamerad, was dein ist. (bringt ihm einen Beutel auf)

Herrm. (wirft ihm solchen verächtlich vor die Füsse) Zehnfachen Fluch über die Ischarioths Münze! Es ist das Handgeld der Hölle. — Mehr als einmal schon dachtet Ihr, meine Armuth zur Kupplerinn meines Herzens zu machen; aber gefehlt, Graf! unendlich gefehlt! Jene Beutel voll Gold kommen mir trefflich zu statten, — gewisse Leute zu verkösten.

Franz M. (erschrocken) Herrmann! Herrmann, Las mich gewisse Dinge nicht träumen von dir. Wenn du mehr thätest, als du solltest. — Du wärst entsetzlich, Herrmann!

**Herrm.** (frohlockend) Wär' ich? wär' ich würk-
lich? Nun denn! zur Nachricht, Graf! (bedeutend)
Ich mäste Eure Schande, und füttre Euer Gericht.
Einst will ich's Euch auftischen zu'm Schmaus, und
die Völker der Erde zur Tafel laden. (höhnisch)
Ihr versteht mich doch, mein strenger, — gnädiger
Herr?

**Franz M.** (springt auf, außer Fassung) Ha, Teufel! Falscher Spieler! (die Faust wider die Stirne)
Und mein Glück zu knüpfen an die Launen eines
Schwindelkopfs! — Das war dumm! (wirft sich in
einen Sessel)

**Herrm.** (ihm in's Ohr) Kein Faden ist so fein
gesponnen unter der Sonne, der so schnell risse, als
die Bande des Bubenstücks! — (wieder in natürli-
chem Ton, ihm auf die Achsel klopfend) Aber nun
Graf! zur Sache! Ausgelernt haben wir noch
nicht; — aber bei Gott! Du mußt erst hören, was
der Verlierer wagt. "Feuer in's Pulvermagazin,
sagt der Kaper, und hinauf in die Luft, — Freund
und Feind!" —

**Franz M.** (indem er schnell nach der Wand geht,
und nach einer Pistole greift) Hier ist Verrätherei!

**Herrm.** (zieht eben so schnell ein Terzerol aus der
Tasche und schlägt an) Gebt Euch keine Mühe. —
Auf den Fall versieht man sich bei Euch.

Franz M. (läßt die Pistole fallen, und wirft sich sinnlos in den Sessel) Doch nur so lang' noch reinen Mund, bis ich — mich näher bedacht habe!

Herrm. Bis Ihr ein Dutzend Meuter gedungen, mir die Zunge zu lähmen auf ewig? Nicht wahr? Aber (ihm wieder in's Ohr) das Geheimnis liegt im Papiere; — meine Erben brechen's auf.

(geht ab)

## Neunter Auftritt.

### Franz M.

(aufstehend) Franz! Franz! was war das? Wo blieb dein Muth, dein sonst so fertiger Witz? — Weh! Weh! auch meine Kreaturen verrathen mich. Die Pfeiler meines Glücks fangen an, mürbe zu werden. — Wohl! Hier gilt's einen raschen Entschlus! — Wie? wenn ich selbst hinginge, — ihm den Degen in den Leib bohrte hinterrücks? — Ein verwundeter Mann ist ein Knabe. —— Frisch! Ich will's wagen. (er geht mit starken Schritten nach dem Ende der Bühne, bleibt aber plötzlich in schreckhafter Erschlaffung stehn) Wer schleicht hinter mir? (die Augen gräslich rollend) — Gesichter, wie ich noch keine sah. — Was rauscht dort durch jenen Vorhang der Thüre? (sich erholend) Muth hab' ich gewis. — Muth, wie noch keiner und doch

Huh! Schrecken grieselt in meinen Locken; — durch
meine Knochen Zermalmung. Pfui, Franz! Pfui!
Feig bin ich nicht; — nur allzu weichherzig bin ich.
Hinweg mit diesen Reliquien der Menschheit! Die
Natur in mir soll verstummen. — Es wird doch
noch irgend einen Bösewicht unter meinen Bedien-
ten geben, der feilen Gewinnst's willen zwei Men-
schenseelen in den ewigen Schlaf fördert. Zitt're
Herrmann! Zitt're Karl! vor dem Bastard Franz!
Er kömmt! (ab)

## Zehnter Auftritt.

### Räuber Moor, (von der einen Seite.) Daniel (von der andern.)

Räuber M. (hastig) Wo ist das Fräulein?

Dan. Gnädiger Herr! Erlaubt einem armen
Mann, Euch um etwas zu bitten.

Räuber M. Es sei dir gewährt. Was willst
du?

Dan. Nicht viel, und doch alles. Laßt mich
Eure Hand küssen!

Räuber M. Das sollst du nicht, guter Alter!
(umarmt ihn)

Dan. Eure Hand! Eure Hand! Ich bitt' Euch!
(er ergreift sie schnell, und fällt vor ihm nieder) —
Liebster, bester Karl!

H

**Räuber M.** (erschrickt, faßt sich wieder und stellt sich fremd) Freund, was sagst du? Ich versteh' dich nicht.

**Dan.** (ausser sich) Lieber Gott! daß ich altes Mann noch die Freude ... Dummer Tölpel ich, daß ich Euch nicht gleich ... Ei, du mein himmlischer Vater! ... Um was ich mit Thränen betete ...

**Räuber M.** Was ist das für eine Sprache? Seid Ihr vom hitzigen Fieber aufgesprungen? —

**Dan.** Ei, pfui doch! das ist nicht fein, einen alten Knecht zum besten zu haben. — Diese Närbe! — He, wißt Ihr noch? Ihr war't noch sehr klein. Grosser Gott! Was Ihr mir da für eine Angst einjagtet! — Ach! Jemine! das war noch eine Zeit! — Wie manches Zuckerbrod oder Bisquit ich Euch damals zuschob! und wie Ihr mich batet, daß ich Euch auf des alten Herrn seinen Schweisfuchs setzen mußte, um auf der grossen Wiese herum zu jagen. — Ja, lacht nur, lacht nur! Gelt, junger Herr! das habt Ihr rein ausgeschwitzt? — Den alten Mann will man nicht mehr kennen; da thut man so fremd', so vornehm. — O Ihr seid doch mein goldiger Junker! — Freilich halt ein bischen lucker gewesen, nehmt mir's nicht übel. Nu, nu! wie's das junge Fleisch meistens macht. — Am Ende kann ja doch noch alles gut werden.

Räuber M. Ja, Daniel! ich will's nicht mehr verhehlen! Ich bin dein Karl, dein verlorner Karl! — Was macht meine Amalia?

Dan. (fängt an, zu weinen) Daß ich alter Sünder noch die Freude haben soll! — Hinab nun mit dir, weisser Schädel! mürbe Knochen! Fahrt in die Grube mit Freuden! Euch — (ihm die Hand küssend) Euch haben meine Augen gesehn.

Räuber M. Ehrlicher Graukopf! Da! Hier für's Zuckerbrod! — Hier, für den Schweisfuchsen auf der Wiese! (dringt ihm einen schweren Beutel auf; sehr gerührt) Ich hab' Euch nicht vergessen, alter Mann.

Dan. Wie, was treibt Ihr? — Ei, ei, Ihr habt Euch vergriffen.

Räuber M. Nicht vergriffen, Daniel! — (Daniel will niederfallen) Steh' auf! Sag' mir, was macht meine Amalia?

Dan. Gottes Lohn! Gottes Lohn! — Eure Amalia? O die wird's nicht überleben, die wird sterben vor Freude!

Räuber M. (heftig) Wie? Sie vergaß mich nicht?

H 2

Dan. Wie schwaßt Ihr wieder? Euch vergeſſen? — Hättet nur dabei ſeyn ſollen, wie ſie ſich gebärdete, als die Zeitung kam, Ihr wär't geſtorben.

Räuber M. Was ſagſt du?

Dan. O ich mus hin, mus hin, ihr ſagen, ihr die Bothſchaft bringen! (will fort)

Räuber M. Halt, halt! ſie darf's nicht wiſſen. Es darf's niemand wiſſen; — auch mein Bruder nicht.

Dan. Euer Bruder? Nein, bei Leibe nicht, er darf's nicht wiſſen! Er gar nicht! — wenn er nicht ſchon mehr weis, als er wiſſen darf. O ich ſag' Euch, es giebt garſtige Menſchen, garſtige Brüder, garſtige Herren; — aber ich möcht' um alles Gold meines Herrn willen kein garſtiger Knecht ſeyn.

Räuber M. Hum! Was mein'ſt du damit?

Dan. (leiſer) Und wenn man freilich ſo ungebeten auferſtehet.... (ängſtlich) Es kommt jemand. Laßt mich! Ich will Euch ein andermal mehr erzählen, wenn's Zeit dazu iſt. (läuft hinaus)

## Eilfter Auftritt.

### Kosinsky (kommt.) Räuber Moor.

Kos. Nun Hauptmann, wo steckst du? Was ist's? — Die Pferde stehn gesattelt; Ihr könnt aufsitzen, wann Ihr wollt.

Räuber M. Presser! Presser! Warum so eilig? — Soll ich sie nicht mehr sehn?

Kos. Ich zäume gleich wieder ab, wenn Ihr's haben wollt. Ihr selbst hiess't mich ja über Hals und Kopf eilen. (will ab)

Räuber M. (ihn aufhaltend) Halt, Kosinsky! Nur zehn Minuten noch; — hinten am Schloshof! — und dann sprengen wir davon!

(beide ab)

## Zwölfter Auftritt.

### Garten.

Vorn eine Laube, zu der verschiedene Bogengänge führen.

### Amalia.

"Du weinst, Amalia?" — Und das sprach er mit einem Ausdruck, — mit einem Ton; — Mir

H 3

war's, als ob die Natur sich verjüngte. — Die ge=
noss'nen Lenze der Liebe dämmerten wieder auf in
den Worten; — die Nachtigal schlug wie damals;
— die Blumen dufteten wie damals, und ich lag
wonnetrunken an seinem Halse. — Gewis, wenn
die Geister der Abgeschiedenen unter den Lebenden
wandeln: so ist dieser Fremdling Karls Engel. —
Siehst du, falsches, treuloses Herz, wie du deinen
Meineid beschönigst? Nein! nein! Hinweg aus
meiner Seele, du Frevelbild! Hinweg ihr verrä=
th'rischen, gottlosen Wünsche! — Im Herzen, wo
Karl begraben liegt, soll kein Erdensohn nisten. —
Doch! Doch! Warum meine Gedanken so ewig, so
allmächtig nach diesem Unbekannten? Verwachsen
in das Bild meines Einzigen? "Du meinst,
Amalia?" — — Ha! Flieh'! Flieh'! Morgen
bin ich eine Heilige! (sie steht auf) Heilige? Ar=
mes Herz! welch ein Wort war das? Einst so süß=
tönend in mein Ohr; — und jetzt! jetzt! Du hast
geheuchelt, Herz! überredetest mich: Ueberwindung
wär's! Lügnerisches Herz! es war Verzweiflung!
(Sie setzt sich auf eine Rasenbank und verhüllt sich das
Gesicht)

# Dreizehnter Auftritt.

## Räuber Moor, (öfnet die Gartenthür.) Amalia.

Amal. (fährt zusammen) Horch! Horch! Rausche
te die Thür nicht? (sie wird Karln gewahr, und
springt auf) Er? — Da hat mich's angewurzelt,
daß ich nicht fliehen kann. — Verlaß mich nicht,
Gott im Himmel! Ich bin ein sterbliches Mädchen;
meine Seele hat nicht Raum für zwei Gottheiten!
(sie nimmt Karls Bild heraus) Du, mein Karl! sey
du mein Genius wider diesen Fremdling! (sie sitzt
stumm, das Auge auf das Bild geheftet)

Räuber M. Sie da, gnädiges Fräulein? —
und traurig? — und eine Thräne auf diesem Gemälde? — (Amalia giebt ihm keine Antwort) —
Wer ist der Glückliche, um den sich das Aug' eines
Engels versilbert? (er erblickt das Gemälde, und
fährt zurück) Ha! — Verdient er aber auch diese
Vergötterung? Verdient er sie?

Amal. O wenn Sie ihn gekannt hätten!

Räuber M. Ich würd' ihn beneidet haben.

Amal. Angebetet, wollen Sie sagen. —

Räuber M. (preßt ihre Hand wüthend an den
Mund)

Amal. Verlas mich! — Deine Küsse brennen
wie Feuer.

Räuber M. Meine Seele brennt in ihnen.

Amal. Geh! — Noch ist es Zeit! Noch!
(sich wegwendend)

Räuber M. Armes Mädchen! — Und wie?
Er ist nicht mehr?

Amal. Er seegelte lang' auf ungestümen Mee-
ren; — Amaliens Liebe seegelte mit ihm. Er wan-
delte durch ungebahnte sandige Wüsten, und Amaliens Liebe wog den Ermatteten in Schlummer.
Meere, Berge und Horizonte zwischen den Lieben-
den; — aber ihre Seelen trafen sich im Paradies
der Liebe.

Räuber M. (stürzt über sie her, und berührt ihren Mund mit seinen Lippen) Und treffen sich jezt
wieder! — auch jezt! (er hängt stürmisch an ihr, indem er sie halb ohnmächtig in den Armen hält)

Amal. (kommt wieder zu sich, gen Himmel blickend)
Karl! Karl! strafe mich! Mein Eid ist gebrochen!

Räuber M. (halb wahnwizig von ihr hinwegtre-
tend) Irgend eine Hölle mus auf mich lauern! Ich
bin so glücklich!

Amal. (hat ihren Ring erblickt, und fährt ungestüm zusammen) Was? Du noch am Finger die-

Verbrecherinn? — Herab mit dir! (sie reißt den Ring vom Finger, und giebt ihn dem Räuber) Nimm hin, geliebter Verführer! Ebenbild meines Karls! nimm hin! — und mit ihm mein Heiligstes, mein Alles, — meinen Karl! (sinkt auf die Rasenbank zurück)

Räuber M. (erblaßt) Du, dort oben! war das deine Meinung? — Wie? Eben den Ring, den ich ihr selber gab, zum Zeichen des Bundes?—

Amal. Was hast du? Wild rollen deine Augen.

Räuber M. (mit Ueberwindung) Nichts! (starr in die Höhe blickend) Noch bin ich ein Mann! — (er zieht seinen Ring ab, und steckt ihn Amalien an den Finger) Nimm auch diesen! — diesen hier! — und mit ihm mein Heiligstes, mein Alles, — meine Amalia!

Amal. (aufgesprungen) Deine Amalia? (starr verwundernd in den Boden) Seltsam! Fürchterlich seltsam!

Räuber M. Ja wohl, gutes Kind! Fürchterlich und seltsam! (seufzend aus tiefer Brust) Meine Amalia ist ein unglückliches Mädchen!

Amal. (im Ausbruch der schmerzlichsten Empfindung) Ich beweine sie.

Räuber M. (nimmt ihre Hand und hält ihr den

H 5.

Ring vor die Augen) Nun dann! — Weine über
dich selber! (stürzt hinaus)

Amal. (hat den Ring erkannt) Karl! Karl! O
Himmel und Erde! (sinkt ohne Empfindung nieder)

## Vierzehnter Auftritt.

### Herrmann, (kömmt schüchtern durch einen Bogengang.) Amalia.

Herrm. (vor sich) Der Anfang ist gemacht. —
Nun mag der Sturm weiter wüten. (laut) Fräulein Amalia! Fräulein Amalia!

Amal. (sich ängstlich wieder erholend) Karl! —
Karl! — (blickt erschrocken um sich) Ha! ein Auf-
lauscher! Wen suchst du hier?

Herrm. Euch! Euch selbst, Fräulein! Ich bring'
Zeitungen, — spashaft, lustig und fürchterlich.
Wenn Ihr aufgelegt seid, Beleidigungen zu verge-
ben, so sollt Ihr Wunderdinge hören.

Amal. Für Beleidigungen hab' ich kein Gedächtnis! mit Neuigkeiten verschone! (will abgehn)

Herrm. (der sie zurückhält) Bleib'! — Hör' nur
ein einziges Wort! Es wird dir all' deine Ruhe
wiedergeben.

Amal. (mit Mitleid seine Hand ergreifend, und ihn weiter vorführend) Kann ein Wort von deinen Lippen die Riegel der Ewigkeit aufreissen?

Herrm. Las sehn! — Beweinst du nicht einen Geliebten?

Amal. (misst ihn mit einem grossen Blick) Kind des Unglücks! Was berechtigt dich zu der Frage?

Herrm. (düster vor sich nieder) Haß und Liebe.

Amal. (bitter) Liebt denn unter diesem Himmelsstrich jemand?

Herrm. (wild umschauend) Bis zum Schelmenstück, — — Starb Euch nicht kürzlich ein Oheim?

Amal. (zärtlich) Ein Vater seiner Tochter!

Herrm. Er lebt! Auch Karl lebt! — Du sahst ihn! (er stürzt hinaus)

Amal. Ich sah' ihn? Himmel! so war's kein Traum? — Ja! Ja! er ist's! er lebt! — Karl! Karl!

(mit ausgebreiteten Armen ab)

## Funfzehnter Auftritt.

(Wald. Mondschein. Nacht. Ein altes ver=
fallenes Raubschlos mit einem Thurm. Vorn
auf der Bühne, brennen hin und wieder Feuer.)
Die Räuberbande, (gelagert auf der Erde,
hat zu Abend gegessen.)

Schweizer und Spiegelberg. (singen)

Ein freies Leben führen wir,
Ein Leben voller Wonne.
Der Wald ist unser Nachtquartier,
Bei Sturm und Wind handthiren wir,
Der Mond ist unsre Sonne.

Grimm und Ratzmann.

Heut kehren wir bei Pfaffen ein,
Bei masten Pächtern morgen;
Da giebts Dukaten, Fras und Wein
Was übrig ist, da laff' wir fein
Den lieben Herrgott sorgen.

Alle.

Und haben wir im Traubensaft
Die Gurgel ausgebadet:
So machen wir uns Muth und Kraft
Und mit dem Schwarzen Brüderschaft
Der in der Hölle bratet.

(Raßm. und Spiegelb. stehn auf und treten hervor)

Raßm. Es wird Nacht, — und der Hauptmann noch nicht da?

Spiegelb. Ein Wort im Vertrau'n, Raßmann! — "Hauptmann," sagst du? Wer hat ihn zum Hauptmann über uns gesetzt? oder hat er nicht diesen Titel blos usurpirt, der von rechtswegen mein ist? — Wie? Setzen wir darum unser Leben auf den Sprung eines Würfels, und baden alle Milzsuchten des Schicksals aus, daß wir am Ende noch von Glück sagen, wenn wir die Leibeig'nen eines Sklaven sind? — Leibeig'ne, Raßmann! da wir Fürsten seyn könnten? — Bei Gott! das hat mir niemals gefallen.

Raßm. Bei'm Donner! mir auch nicht; — aber was machen?

Spiegelb. Fragst du mich das? — (nachdem er ihn einige Augenblicke bedeutend angeblickt) Raßmann! wenn du bist, wofür ich dich immer hielt — Raßmann! — Man vermißt ihn, giebt ihn halb verloren. Raßmann! Mich däucht, seine schwarze Stunde schlägt. — Komm! folge mir! Ich weis, auf welchem Weg er zurück kömmt. Komm! Zwei Pistolen fehlen selten, und dann... (er will Raßmann mit sich fortreissen; Raßmann sträubt sich)

Schweiz. (hat gehorcht u. springt auf) Ha, Ber
ſtie! Eben recht erinnerſt du mich an die böhmiſchen
Wälder. — Warſt du nicht die Memme, die anhob zu
ſchnadern, als ſie riefen: "der Feind kommt?"
Ich hab' damals bei meiner Seele geflucht; —
Fahr hin, Meuchelmörder! (Sie ziehn ihre Degen,
und kommen in's Handgemenge)

Räuber. (in Bewegung) Mordjo! Mordjo! —
Schweizer! Spiegelberg! — Reiſſt ſie auseinander! —

Schweiz. (der ihn erſtochen hat) Da! — Und
ſo krepler du! — Ruhig, Kameraden! Laſſt Euch
den Bettel nicht aufwecken! — Die Beſtie iſt dem
Hauptmann immer giftig geweſen, und hat keine
Narbe auf ihrer ganzen Haut. — Ha! über den
meuchelmörd'riſchen Buben! Von hinten her will
er Männer zu ſchanden ſchmeiſſen. — Männer
von hinten her! — Iſt uns darum der heiße Schweiß
über die Backen gelaufen, daß wir aus der Welt
ſchleichen ſollen, wie Schurken? Beſtie du! Habeſt
wir uns darum unter Feuer und Rauch gebettet,
daß wir zuletzt wie Ratten verrecken?

Grimm. Aber, zum Teufel! Der Hauptmann
wird raſend werden.

Schweiz. Dafür laß mich ſorgen. — Der
Schufterle hat's auch ſo gemacht; aber dafür hängt

er auch jetzt in der Schweiz, wie's ihm mein Hauptmann prophezeit hat. —

(man hört schiessen)

Grimm. (aufspringend) Horch! ein Pistolenschus! (man schiesst zum zweitenmal) Noch einer!
Holla! Der Hauptmann!

Schweiz. Nur Geduld! Er muß zum drittenmal schiessen. (man hört noch einen Schus)

Razm. Er ist's! Er ist's! — Salvier dich,
Schweizer! Lasst uns ihm antworten!

(sie blasen in die Hörner)

## Sechzehnter Auftritt.

### Räuber Moor und Kosinsky, (treten auf.) Vorige.

Schweiz. (ihm entgegen) Sei willkommen,
mein Hauptmann! — Ich bin ein bischen vorlaut
gewesen, seit du weg bist. (er führt ihn an die Leiche)
Sei du Richter zwischen mir und diesem! — Vor-
hinten hat er dich ermorden wollen.

Räuber M. (in den Anblick verloren, bricht hef-
tig aus) O unbegreiflicher Finger der rachekündigen
Nemesis! Wär's nicht dieser, der mir das Sirenen-
lied trillerte? — Weihe dies Schwerd der dunkeln
Vergelterinn! — Das hast du nicht gethan,
Schweizer.

Schweiz. Bei Gott! ich hab's warlich gethan; und es ist beim Teufel nicht das schlechteste, was ich in meinem Leben gethan habe. (wirft den Degen über den Leichnam hin, und geht unwillig ab)

Räuber M. (nachdenkend) Ich verstehe. — Lenker im Himmel! ich verstehe. — Die Blätter fallen vom Stamm. Mein Herbst ist kommen. — Schaft mir diesen aus den Augen!

(Spiegelbergs Leiche wird hinweggetragen)

Grimm. (zurückkommend) Gieb uns Ordre, Hauptmann! — Was sollen wir weiter thun?

Räuber M. Bald — Bald ist alles erfüllt! Ich hab' mich selbst verloren, seit ich dort war. — (setzt sich) Gebt mir meine Laute! (Grimm bringt sie ihm. Er thut einige Griffe) Die Saiten vertönt, — gesprungen. — Hinweg mit ihr! (giebt sie zurück. Dann mehr in sich gekehrt) und bald, bald — hinweg mit mir selber! (wirft sich unruhig von einer Seite zu'r andern) Nehmt Eure Hörner und spielt! Ich mus mich zurückwiegen in die Tage meiner Kraft. — Spielt, sag' ich!

Ros. Es ist Mitternacht, Hauptmann!

Grimm. Wie Blei liegt der Schlaf in uns, Seit drei Tagen kein Auge zu.

Räuber M. Sinkt denn der balsamische Schlaf

auch auf die Augen der Schelme? Warum flieht er mich? Spielt, befehl ich!

(sie spielen einen Marsch)

Räuber M. (der während der Musik aufgestanden, und tief in sich gekehrt auf- und niedergegangen, unterbricht sie schnell) Hinweg! Gute Nacht! Morgen hört Ihr weiter!

Räuber. (lagern sich im Hintergrunde auf die Erde) Gute Nacht, Hauptmann!

### Siebzehnter Auftritt.

Räuber Moor. (nach einer tiefen Stille)

Eine lange gute Nacht; kein Morgen wird sie mehr röthen! — — Glaubt Ihr, ich werde zittern, Geister meiner Erwürgten? Ich werde nicht zittern. — Euer banges Sterbegewinsel, euer schwarzgewürgtes Gesicht, eure fürchterlich klaffende Wunden sind ja nur Glieder einer unzerbrechlichen Kette des Schicksals, und hängen zuletzt an meinen Feierabenden, an den Launen meiner Ammen und Hofmeister, am Temperament meines Vaters, am Blut meiner Mutter. — Warum hat mein Perillus einen Ochsen aus mir gemacht, daß die Menschheit in meinem glühenden Bauch brate?

J

(er ſetzt die Piſtole an)

Zeit und Ewigkeit! — über dieſem Rohr
ſich umarmend! — Grauſer Schlüſſel, der das Gefängnis des Lebens hinter mir ſchlieſſt, und vor mir
aufriegelt die Behauſung der ewigen Freiheit. —
Sage mir, o ſage mir, — wohin? wohin wirſt du
mich führen? — Ein fremdes, nie umſee-
geltes, Land! — Die Menſchheit erſchlappt unter dieſem Bilde. — Doch nein! nein! Ein
Mann mus nicht ſtraucheln. Sei, wie du willſt,
namenloſes Jenſeits! wenn ich nur mich ſelbſt
mit hinüber nehme. Auſſendinge ſind nur der An-
ſtrich des Mannes. — Ich ſelbſt bin mein Himmel und meine Hölle.

(er ſetzt von neuem an, und hält plötzlich ein)

Aber wie? — Soll ich denn für Furcht eines
quaalvollen Lebens ſterben? Soll ich dem
Elend den Sieg über mich einräumen? — Nein!
ich will's dulden! (er wirft die Piſtole weg)
Die Quaal ſoll erlahmen an meinem Stolz! Ich
will's vollenden!

(immer finſtrer. Es ſchlägt in einiger Ferne
zwölf Uhr)

## Achtzehnter Auftritt.

**Herrmann,** kömmt durch den Wald. Hernach die Stimme des alten Moor's (im Thurm.) Räuber Moor.

**Herrm.** Horch! Horch! Grausig heult der Kautz! — Zwölf schlägt's drüben im Dorf. — Wohl! Wohl! Alles liegt schlafen! Nur das böse Gewissen wacht, — und die Rache. (er tritt an den Thurm und pocht) Komm herauf, Thurmbewohner! Deine Mahlzeit ist bereitet.

**Räuber M.** (tritt bebend zurück) Was soll das bedeuten?

**Eine Stimme.** (aus dem Thurm) Wer pocht da? He? Bist du's, Herrmann, mein Rabe?

**Herrm.** Bin's, Herrmann, dein Rabe. Steig' herauf an's Gitter und is! — — Las dir's schmecken, Alter!

**Stimme.** Mich hungerte sehr. (gen Himmel) Habe Dank, Rabensender! für's Brod in der Wüste! — Und wie geht's meinem lieben Kinde, Herrmann?

**Herrm.** Stille! Horch! — Geräusch, wie von Schnarchenden! Hörst du nichts?

**Stimme.** Wie? Hörst du was?

J 2

Herrm. Den Wind pfeifen durch die Ritzen des Thurms. — Eine Nachtmusik, davon einem die Zähne klappern und die Nägel blau werden! — (steht und horcht) Noch einmal! Immer ist mir, als hört' ich ein Schnarchen. — Du hast Gesellschaft, Alter. (sich schüttelnd vor Grausen) Hu! Hu!

Stimme. Sieh'st du etwas?

Herrm. Leb' wohl! Leb' wohl! — Grausig ist diese Wüste. Steig hinunter in's Loch. — Nahe dein Retter! dein Rächer! (er will fliehn)

Räuber M. (tritt mit Entsetzen hervor) Steh'!

Herrm. (steht still) Wer da?

Räuber M. Steh', wer du auch bist! — Was hast du hier zu thun? Rede!

Herrm. (kommt vorwärts) Gewis seiner Auflaurer einer! Ich fürchte nichts mehr. (zieht den Degen) Wehr' dich, Schurke! Du hast deinen Mann vor dir.

Räuber M. (schlägt ihm mit dem ersten Hieb den Degen weit weg, und tritt näher) Antwort will ich. Wofür das bübische Degenspiel? — Von Rache sprachst du? — Rache kömmt mir zu unter diesem Monde! Wer will mir in's Handwerk greifen?

Herrm. (bebt erschrocken zurück) Bei Gott! das gebahr das Weib nicht! — Sein Betasten entnervt, wie der Tod.

Stimme. (im Thurm) Weh'! Weh! Bist du's Herrmann, der da redet? Mit wem redest du, Herrmann?

Räuber M. Drunten noch jemand? Was geht hier vor? (läuft dem Thurme zu) Irgend ein Ungeheuer von Geheimnis liegt in diesem Thurm verlarvt; — mit dem Schwerd will ich's entlarven! (gegen Herrmann gekehrt) Ist's ein Gefangener, den die Menschen abschüttelten? — Ich will seine Ketten lösen. (laut rufend) Stimme! Noch einmal! Wo ist die Thür'?

Herrm. Eben so leicht könnte Beelzebub die Thore des Himmels sprengen, als du diese. — Geh' heim, Starker! Der Witz der Lotterbuben geht über die Sinnen der Männer.

Räuber M. Aber nicht über den Witz der Diebe. (er zieht Hauptschlüssel hervor) Ich danke dir Gott, daß du mich stelltest an die Spitze der Beutelschneider! — Diese Schlüssel verlachen die Vorsicht der Hölle. (er nimmt einen Schlüssel und öfnet den Thurm. Aus dem Grunde steigt ein Alter herauf, ausgemergelt wie ein Gerippe. Moor blickt ihm einige Augenblicke starr in's Gesicht, und springt erschrocken zurück) Entsetzliches Blendwerk! Mein Vater!

## Neunzehnter Auftritt.

### Der alte Moor. Vorige.

**Alte Moor.** Habe Dank, o Gott! Erschienen ist die Stunde der Erlösung.

**Räuber M.** Geist des alten Moors! Was hat dich beunruhigt in deinem Grabe? Soll ich beten und Messen lesen lassen, deinen irrenden Geist in seine Heimath zu senden? Hast du das Gold der Wittwen und Waisen unter die Erde vergraben? — oder kommst du, auf meine Fragen die Räthsel der Ewigkeit zu entfalten? Rede! rede! ich bin der Mann der bleichen Furcht nicht.

**Alte Moor.** Ich bin kein Geist. Taste mich an. Ich lebe. O ein elendes, erbärmliches Leben!

**Räuber M.** Was? Du bist nicht begraben worden?

**Alte Moor.** Ich bin begraben worden; — das heisst: Ein todter Hund liegt in meiner Väter Gruft; und ich — drei volle Monde schmacht' ich schon in diesem finstern Thurm, von keinem Strahl beschienen, von keinem warmen Lüftchen angeweh't, wo wilde Raben krächzen, und mitternächtliche Uhu's heulen. —

**Räuber M.** Himmel und Erde! Wer hat das gethan?

Herrm. (mit grimmiger Freude) Ein Sohn!

Alte Moor. Verfluch' ihn nicht!

Räuber M. Ein Sohn? (wüthend gegen Herrmann stürzend) Schlangenzüngigter Lügner! Ein Sohn? Sprich das Sohn noch ein mal, und ich bohre zehn Schwerdter in deine lästernde Gurgel! Ein Sohn?

Herrm. Sein Sohn!—Sein Sohn Franz, sag' ich!

Räuber M. (erstarrt, wie eine Statue) O ewiges Chaos!

Alte Moor. Wenn du ein Mensch bist und ein menschliches Herz hast! — Erlöser! den ich nicht kenne! o so höre den Jammer eines Vaters, den ihm seine Söhne bereitet haben! — Drei Monden schon hab' ich's tauben Felsenwänden zugewinselt; aber ein holer Wiederhall äffte meine Klagen nur nach. — Darum, wenn du ein Mensch bist, und ein menschliches Herz hast, , ,

Räuber M. Diese Beschwörung könnte die Wölfe auffordern.

Alte Moor. Ich lag eben auf dem Siechbette, hatte kaum einige Kräfte nach einer harten Krankheit gesammlet, so 'bracht' man einen Mann zu mir, der meldete, mein Erstgeborner sei gefallen in der Schlacht, und sein letztes Lebewohl, und daß ihn mein Fluch gejagt hätte in Kampf und Tod und Verzweiflung.

Herrm. Gelogen! garstig gelogen! Dieser Schurke war ich selbst, — erkauft von ihm mit Gold und Versprechungen, Euch das Nachsuchen zu legen und den Garaus zu machen durch die Trauerpost.

Alte Moor. Du? Du? O Himmel! Und es war abgekartet? — und ich war betrogen?

Räuber M. (tritt, ausser sich, auf die Seite) Hörst du's, Moor? Hörst du's? Es fängt an zu tagen! Fürchterlich! Fürchterlich!

Herrm. (zum alten Moor) Tretet mich breit, wie eine Natter! Ich war sein Helfershelfer; unterdrückte die Briefe Euers Karls; verfälschte die eurigen und unterschob andre, feindseligen Inhalts. So hinterging man Euch; — so zwackte man ihn aus Euerm Testament und Herzen.

Räuber M. (in der entsetzlichsten Bedrängnis, beiseite) Und darum Räuber und Mörder? (die Faust wider Brust und Stirn) O ich blöder! blöder! blöder Thor! — Satanische Künste! Und darum Mordbrenner und Mörder! (halb rasend auf und nieder)

Alte Moor. (mit gemildertem Zorn) Franz! Franz! — Doch ich will nicht fluchen! Und das

ich nichts sah, nichts merkte! Weh' über den blin-
den Verzärt'ler!

Räuber M. (plötzlich stillstehend). Und im
Thurme der Vater? — (den Schmerz in sich pressend)
Ich habe hier nichts zu zürnen. (zum alten Moor,
mit erzwung'ner Ruhe) Redet weiter!

Alte Moor. Ich ward ohnmächtig bei der
Botschaft. Man muß mich für tod gehalten haben, denn als ich wieder zu mir selber kam, lag ich
schon im Sarge, und in's Leichentuch gewickelt, wie
ein Todter. Ich kratzte an dem Deckel des Sarges.
Er ward aufgethan. Es war finstre Nacht; mein
Sohn Franz stand vor mir. — "Was?" rief er
mit entsetzlicher Stimme, "willst du denn ewig leben?" — und gleich flog der Sargdeckel wieder zu.
Der Donner dieser Worte hatte mich meiner Sinne beraubt; als ich wieder erwachte, fühlt' ich den
Sarg erhoben und fortgeführt in einem Wagen, eine halbe Stunde lang. Endlich ward er geöfnet.
— ich stand am Eingang' dieses Gewölbes, mein
Sohn vor mir, und der Mann, der mir die blutige
Nachricht von Karln gebracht hatte. — Zehnmal
umfaßt' ich seine Knie, und bat und flehte, und um-
faßte sie und beschwur. — Das Fleh'n seines Vaters reichte nicht an sein Herz. — "Hinab! Hinab
mit ihm!" donnerte es von seinem Munde, "er

J 5

hat genug gelebt!" und hinab ward ich gestoßen
ohn' Erbarmen, und mein Sohn Franz schloß hinter mir zu.

**Räuber M.** Es ist nicht möglich, nicht möglich! Ihr müßt Euch geirrt haben.

**Alte Moor.** Ich kann mich geirrt haben. —
Höre weiter, aber zürne nicht! So lag ich zwanzig Stunden, und kein Mensch gedachte meiner
Noth. Auch hat keines Menschen Fustritt diese
Einöde betreten, denn die allgemeine Sage geht,
daß die Gespenster meiner Väter in diesen Ruinen
rasselnde Ketten schleifen, und in mitternächtlichen
Stunden ihr Todtenlied raunen. Endlich hört' ich
die Thür wieder aufgehn; dieser Mann brachte mir
Brod und Wasser, und entdeckte mir, wie ich zum
Tod' des Hungers verurtheilt gewesen, und wie er
sein Leben in Gefahr setze, wenn es herauskäme,
daß er mich speise. So ward ich kümmerlich erhalten, diese lange Zeit; aber der unaufhörliche Frost,
— die faule Luft, — der grenzenlose Kummer —
Meine Kräfte wichen, mein Leib schwand; tausendmal bat ich Gott mit Thränen um den Tod; aber
das Maas meiner Strafe muß noch nicht gefüllt
seyn, — oder es muß noch irgend eine Freude meiner
warten, daß ich so wunderbarlich erhalten bin.
Doch ich leide gerecht. — Mein Karl! mein Karl!

(bitterlich weinend) Und er hatte noch keine graue Haare.

Räuber M. Es ist genug. Auf, ihr Klötze! Ihr Eisklumpen! Ihr trägen fühllosen Schläfer! Auf! Will keiner erwachen? (er thut einen Pistolenschus über die schlafenden Räuber)

## Zwanzigster Auftritt.

### Die Vorigen, (und die) Räuber, (die aus dem Schlaf aufspringen.)

Räuber. (wild durcheinander) He! Holla! Holla! Was giebt's?

Räuber M. Hat Euch die Geschichte nicht aus dem Schlummer gerüttelt? Der ewige Schlaf würde wach worden seyn! Schaut her! Schaut her! Die Gesetze der Welt sind Würfelspiel worden; das Band der Natur ist entzwei; die alte Zwietracht ist los; — der Sohn hat seinen Vater erschlagen.

Einige Räuber. Was sagt der Hauptmann?

Räuber M. Nein, nicht erschlagen! Das Wort ist Beschönigung! — Der Sohn hat den Vater tausendmal gerädert, gespiesst, gefoltert, geschunden! Die Worte sind mir zu menschlich. — Worüber die Sünde roth wird, worüber der Kani-

bald schaudert, worauf seit Aeonen kein Teufel ge=
kommen ist, — der Sohn hat seinen eig'nen Vater
= = = O seht her! seht her! er ist in Ohnmacht gesun=
ken. — In diesem Thurm hat der Sohn seinen Va=
ter — Frost, — Blösse, — Hunger, — Durst = = =
O seht doch! seht doch! — Es ist mein eig'ner Va=
ter; ich will's nur gestehn.

Räuber. (springen herbei, und umringen den
Alten) Dein Vater? Dein Vater?

Schweiz. (tritt ehrerbietig näher, und fällt vor
dem alten Moor nieder) Vater meines Hauptmanns!
ich küss dir die Füsse; du hast über meinen Dolch
zu befehlen.

Räuber M. Rache! Rache! Rache dir, grim=
mig beleidigter, entheiligter Greis! So zerreis ich
von nun an auf ewig das brüderliche Band!
(er zerreisst sein Kleid von oben an bis unten) So
verfluch' ich jeden Tropfen brüderlichen Bluts im
Antlitz des ofnen Himmels! Höret mich, Mond
und Gestirne! Höre mich, mitternächtlicher Him=
mel, der du auf die Schandthat herunter blicktest!
Höre mich, dreimal schrecklicher Gott! der du da oben
über dem Monde waltest, und rächst und verdammst
über den Sternen! Hier knie' ich; — hier streck'
ich empor die drei Finger in die Schauer der Nacht;
— hier schwör' ich; — und so speie die Natur mich

aus ihren Grenzen, wie eine bösartige Bestie, wenn ich diesen Schwur verletze, — schwöre, das Licht des Tages nicht mehr zu grüssen, bis des Vaters mörders Blut, vor diesen Steinen verschüttet, gegen die Sonne dampft! (er steht auf)

Grimm. Es ist ein Beßalsstreich! Sag' einer noch, wir sey'n Schelme!

Ratzm. Nein, bei allen Drachen! So bunt haben wir's nie gemacht!

Räuber M. Ja! und bei allen schrecklichen Seufzern derer, die jemals durch Eure Dolche sturben, derer, die meine Flamme fras und mein fallender Thurm zermalmte, — eh' soll kein Gedanke von Mord und Raub Platz finden in Eurer Brust, bis Euer aller Kleider von des Verruchten Blut scharlachroth gezeichnet sind. Das hat Euch wol niemals geträumt, daß Ihr der Arm höherer Majestäten seid? Betet an vor dem, der Euch dies erhabne Loos sprach, der Euch hieher führte, der Euch würdigte, die schrecklichen Engel seines finstern Gerichts zu seyn! Entblößt Eure Häupter! Knie't hin in den Staub! — und steht geheiligt auf! (sie knieen mit entblößten Häuptern)

Schweiz. (nach einer langen feierlichen Pause) Gebeut, Hauptmann! Was sollen wir thun?

Räuber M. Steh' auf, Schweizer, und rühr' diese heilige Locken an! (er führt ihn zu seinem Vater, und giebt ihm eine Locke in die Hand) Du weiß't noch, wie du einsmals jenem böhmischen Reuter den Kopf spaltetest, da er eben den Säbel über mich zuckte, und ich, athemlos und erschöpft von der Arbeit, in die Knie' gesunken war? Dazumal verhieß ich dir eine Belohnung, die königlich wäre; ich konnte diese Schuld bisher niemals bezalen. —

Schweiz. Das schwurst du mir, es ist wahr; aber las mich dich ewig meinen Schuldner nennen!

Räuber M. Nein, jetzt will ich bezalen, Schweizer! so ist noch kein Sterblicher geehrt worden, wie du! — Räche meinen Vater!

Schweiz. (steht auf) Großer Hauptmann! Heut hast du mich zum erstenmal stolz gemacht! — Gebeut, wo, wie, wann soll ich ihn schlagen?

Räuber M. Die Minuten sind gezählt, du mußt eilends gehn; — lies dir die würdigsten aus der Bande und führ' sie grade nach des Edelmanns Schlos! Zerr' ihn aus dem Bett', wenn er schläft, oder in den Armen der Wollust liegt; schlepp' ihn vom Mahle weg, wenn er besoffen ist; reis ihn vom Kruzifix, wenn er betend vor ihm auf den Knie'n liegt! Aber ich sag' dir, ich schärf' es dir hart ein,

keft' ihn mir nicht tod! Dessen Fleisch will ich in
Stücken reissen. und hungrige.1 Geiern zur Spei-
se.geben, der ihm nur die Haut ritzt, oder ein Haar
kränkt! Ganz mus ich ihn haben, und wenn du
mir ihn ganz und lebendig bringst, so sollst du eine
Million zur Belohnung haben. Ich will sie
einem Könige mit Gefahr meines Lebens stehlen,
und du sollst frei ausgehn, wie die weite Luft. —
Hast du mich verstanden, so eile davon!

Schweiz. Genug, Hauptmann. — Hier hast
du meine Hand drauf: Entweder, du siehst zwei zu-
rückkommen, oder gar keinen. — Schweizers Würg-
engel! kommt! (ab mit einem Geschwader; wobei
Grimm, Ratzmann und Kosinsky. Herrmann begleitet sie)

Räuber M. Ihr übrigen zerstreu't Euch im
Walde. — Ich bleibe.

---

# Fünfter Akt.

## Erster Auftritt.

**Nacht.** Aussicht von vielen Zimmern.
**Franz.** (Nachher) Daniel.

Franz M. Verrathen! Verrathen! Geister
ausgespie'n aus Gräbern. —Losgerüttelt das Todten-

reich aus dem ewigen Schlaf, brüllt wider mich Mörder! — (zusammenfahrend) Ha! Wer regt sich da?

Dan. (ängstlich, mit einem Licht in der Hand) Himmel seyd Ihr's, gestrenger Herr, der so gräslich durch die Gewölbe schrei't, daß alle Schläfer auffahren?

Franz M. Schläfer? Wer heißt euch schlafen? Es soll niemand schlafen in dieser Stunde. Hörst du? Alles soll auf seyn; — in Waffen; alle Gewehre geladen. — Sahst du sie nicht dort den Bogengang hinschweben?

Dan. Wen, gnädiger Herr?

Franz M. Wen, Dummkopf? wen? so kalt, so leer fragst du, wen? Hat mich's doch angepackt, wie der Schwindel! Wen, Eselskopf! wen? Geister und Teufel! — Wie weit ist's in der Nacht?

Dan. Eben jetzt rüft der Nachtwächter zwei ab.

Franz M. Was? Will diese Nacht währen bis an den jüngsten Tag? — Hörtest du keinen Tumult in der Nähe? Kein Siegsgeschrei? Kein Geräusch galoppirender Pferde? Wo ist Karl — der Graf, wollt' ich sagen?

Dan. Ich weis nicht, mein Gebieter! Es war noch hoch am Tage, als er sich entfernte.

Franz M. (geht ängstlich auf und ab; steht plötzlich stille) Nein! ich zitt're nicht. Es war lediglich ein Traum. Die Todten stehn noch nicht auf. — Wer sagt, daß ich zitt're und bleich bin? Mir ist ja so leicht, so wohl.

Dan. Ihr seid todtenbleich. Eure Stimm' ist bang' und lallet.

Franz M. Ich hab' das Fieber. Ich will morgen zur Ader lassen.

Dan. O Ihr seid ernstlich krank! — Soll ich den Pastor holen?

Franz M. Nein! Nein! Nein! Ich bin ja blos krank, das ist's alles. — Krankheit aber verstört das Gehirn, und brütet tolle und wunderliche Träume aus. — Träume bedeuten nichts. Nicht wahr, Daniel? Träume bedeuten gar nichts. — O ich hatte so eben einen lustigen Traum! — Halte mich, Daniel! Mir wird sehr übel. (er sinkt ohnmächtig nieder. Daniel führt ihn zum Sessel)

Dan. Gott erbarme sich seiner! Was ist das? — Georg! Conrad! Bastian! Martin! Zu Hülfe! (rüttelt ihn)

Franz M. (kommt wieder zu sich; verwirrt) Weg! Weg! Was rüttelst du mich so, scheusliches

K

Todtengerippe? — Die Todten steh'n noch nicht
auf.

Dan. O du ewige Güte! Er hat den Verstand
verloren. —

Franz M. (richtet sich matt auf) Wo bin ich?
— Du, Daniel? Was hab' ich gesagt? Merke
nicht drauf! Ich hab' eine Lüge gesazt, es sei
auch, was es wolle. — Komm'! Hilf mir auf! —
Es ist nur ein Anstos von Schwindel. —

Dan. Ich will Hülfe rufen; ich will nach Aerz=
ten laufen.

Franz M. Nicht doch! Bleib'! Las dir's erzä=
len, und lach' mich derb' aus.

Dan. Kann ich lachen, wenn mir die Haut
schaudert? Träume kommen von Gott.

Franz M. Pfui doch! Pfui doch! Sag' das
nicht; — heis mich einen Narren! Spotte mich
tüchtig aus.

Dan. Träume kommen von Gott. Ich will
für Euch beten. (ab)

### Zweiter Auftritt.
#### Franz allein.

Pöbelweisheit, Pöbelfurcht! Ist's doch nicht
ausgemacht, ob das Vergang'ne nicht vergangen ist,
oder ein Auge findet über den Sternen. — Wie

aber, wenn's doch wäre? Weh' dir, Franz, wenn's nachgezält worden wäre! wenn's dir vorgezält würde diese Nacht noch! — Ha! Warum schaudert mir's so durch die Knochen? — Sterben? Warum packt mich das Wort so? Sterben? Rechenschaft geben dem Rächer droben über den Sternen? — Und wenn er gerecht ist! — wenn er gerecht ist ؛ ؛ ؛

### Dritter Auftritt.

#### Voriger. Ein Bedienter.

Bed. (eilig) Gnädiger Herr! Gnädiger Herr! Fräulein Amalia ist entsprungen. —

(wieder hinaus)

### Vierter Auftritt.

Daniel. (kommt ängstlich) Franz. (Von fern) Schweizers und Grimms Stimmen.

Dan. Gnädiger Herr! es jagt ein Trupp feuriger Reuter auf Weg und Stegen im Dorf. Sie schrei'n: "Mordjo! Mordjo!" Das ganze Dorf ist in Allarm.

Franz M. Geh', laß alle Glocken zusammen läuten! Alles soll in die Kirche! — auf die Knie' fallen alles! — beten für mich! — Alle Gefangne follen los feyn und lebig! Ich will den Armen alles doppelt und dreifach wiedergeben! Ich will ‥ fo geh' doch! — So ruf' doch den Beichtvater! — Biſt du noch nicht fort? (Das Getümmel wird hörbarer)

Dan. Gott verzeih' mir! wie foll ich das wieder reimen?

Franz M. Nichts mehr davon! — Sterben! Siehſt du? Sterben! Es wird zu ſpät.

(man hört Schweizern toben)

Hörſt du? — Komm! Komm! und bete für mich! Bete! (umarmt ihn ungeſtüm) Lieber, goldner Daniel! — ich will dich auch kleiden von Fus auf; — nur bete! Ich will auch ‥ (wüthend) In's Teufels Namen, fo bet' doch! (Tumult noch auſſer dem Schlos, Geſchrei und Gepolter)

Schweiz. (auſſerhalb) Stürmt! Schlagt tod! Brecht ein! — Dort feh' ich Licht; dort mus er feyn!

Franz M. (auf den Knie'n) Hör' mich beten, Gott im Himmel! — Es iſt das erſtemal. — Er hör' mich Gott im Himmel! —

(Dan. läuft hinaus)

Schweiz. (noch wie vorhin) Schlagt ſie zurück, Kameraden! — Hurrah! Hurrah! der Teufel iſt da, und will Euern Herrn holen!

Grimm. (immer noch von weitem) Holt Feuerbründe! — Wir hinauf, oder er herunter! Woll'n
Feuer in seine Sále schmeissen!

(es fliegen Steine und Feuerbründe. Die Schei-
ben fallen. Das Schlos brennt)

Franz M. Ich kann nicht beten. — Hier!
Hier! (auf Brust und Stirn schlagend) Alles so öde!
so verdorrt! (steht auf) Nein, ich will auch nicht
beten! —

Dan. (kömmt wieder) Helft! Rettet! Das
ganze Schlos steht in Flammen!

Franz M. Hier, nimm diesen Degen! Hurtig! — Jag' mir ihn hinterrücks in den Bauch,
daß nicht diese Buben kommen, und treiben ihren
Spott mit mir. (das Feuer nimmt überhand)

Dan. Bewahre! Bewahre! Ich mag niemand
zu früh in den Himmel fördern, vielweniger zu früh
. . . (er entrinnt)

Franz M. (ihm gras nachstierend, nach einer
Pause) "In die Hölle" wolltest du sagen? —
Würklich! ich witt're so etwas. — Sind das ihre
hellen Triller? Hör' ich euch zischen, ihr Nattern
des Abgrunds? — Sie dringen herauf; — bela-
gern die Thüre. — (zieht einen Dolch hervor, und
wirft ihn wieder von sich) Warum zag' ich so vor
dieser bohrenden Spitze? Ha! die Thüre kracht!

K 3

stürzt! — Unentrinnbar! ,,, So erbarm' du dich
meiner! (er reißt seine goldene Huthschnur ab, und
erdrosselt sich)

## Fünfter Auftritt.

### Schweizer, (mit seinen Leuten) Grimm, Razmann. Rosinsky. Voriger.

Schweiz. Mordkanaille, wo bist du? — Saht
Ihr, wie sie flohn? — He da! Wohin hat sich
die Bestie verkrochen?

Grimm. (stößt an die Leiche) Halt! was liegt
hier im Weg'? Leuchtet hieher! — (einige Räuber
mit Fackeln treten herzu)

Razm. Höll' und Teufel! er hat's Prävenire
gespielt. Steckt Eure Schwerdter ein; hier liegt
er, wie eine Katze verreckt ,,,

Schweiz. Tod! Was? Tod? ohne mich tod?
— Erlogen sag' ich. — Gebt nur acht, wie hurtig er
auf die Beine springen soll. (rüttelt ihn) He du!
Es giebt noch einen Vater zu ermorden!

Grimm. Gieb dir keine Müh'! Er ist maustod. (wirft sich über ihn her, findet die Schnur um
den Hals, schneidet sie entzwei und rüttelt ihn heftig)

Schweiz. (indem er starr einige Schritte hinweg
tritt) Ja, ja! er freu't sich nicht! er ist maustod!
(zu den Räubern) Geht zurück, und sagt dem Haupt=
mann: er sei maustod; — mich säh' er nicht wie=
der. (setzt die Pistole vor den Kopf, und will sich er=
schießen)

Grimm. (ausser sich) Kamerad! Kamerad!
Die Bestie lebt noch! — Seht, wie er schnappt!

Schweiz. (der die Pistole wegwirft, und wie ra=
send über ihn herfällt) So haben wir ihn! So ha=
ben wir ihn! — (Franz schlägt die Augen auf) Trotz
Höll' und Teufel! er lebt! (springt wild auf, und
schwenkt den Huth) Victoria! es lebe die Rache!
Es lebe der Hauptmann!

Alle. Es lebe der Hauptmann!

Schweiz. Hurtig! Hurtig, Kinder! Werft ihn
in Ketten und schleppt ihn an die freie Luft! —
Födert Euch, eh' die Flamme uns all' erstickt!

(Franz wird hinaus getragen)

Vergeß't ja nicht, ich bitt' Euch, daß Euer aller
Leben an dem Seinigen hängt. — Fort! Fort!

(Schweizer, mit den übrigen, ihm nach)

## Sechster Auftritt.

Der Schauplatz, wie in dem letzten Auftritt des vorigen Akts.

Der alte Moor, (auf einem Stein ſitzend.)

Räuber Moor, (gegen über.) Räuber, (hin und her im Walde.)

Räuber M. Er war Euch lieb, Euer älteſter Sohn?

Alte Moor. Du weiſſt es, o Himmel! Warum ließ ich mich doch durch die Ränke eines böſen Sohns bethören? Ein geprieſener Vater ging ich einher unter den Vätern der Menſchen. Schön um mich blühten meine Kinder voll Hoffnung. Aber — o der unglückſeeligen Stunde! — Der böſe Geiſt fuhr in das Herz meines zweiten; ich traute der Schlange, — und verlor meine Kinder beide. (verhüllt ſich das Geſicht)

Räuber M. (geht weit von ihm weg; dann kommt er zurück und reicht ihm die Hand, mit abgewandtem Geſicht)

Alte Moor. Wärſt du meines Karls Hand! — Aber er liegt fern im engen Hauſe, ſchläft ſchon den eiſernen Schlaf, hört nimmer die Stimme meines Jammers.

**Räuber M.** (zu den Räubern, in der heftigsten Bewegnng) Fort! Fort! Verlaßt mich!

(Räuber entfernen sich)

**Räuber M.** Jetzt mus es seyn! — Jetzt!— Und doch, — kann ich ihm denn seinen Sohn wiedergeben?

**Alte Moor.** Wie, Freund? Was sagtest du da?

**Räuber M.** (immer noch wie vorhin) Wie, wenn ich jetzt seinen Seegen weghaschte! — haschte, wie ein Dieb, und mich davon schlich' mit der göttlichen Beute. — (stürzt vor ihm nieder) Ich zerbrach die Riegel deines Thurms — Küsse mich, göttlicher Greis!

**Alte Moor.** (drückt ihn wider sein Herz) Denk', es sei Vaterkus; so will ich denken, ich küsse meinen Karl! — Wie? du kannst auch weinen?

**Räuber M.** (sehr gerührt) Ich dacht', es sei Vaterkus! (liegt an seinem Hals. Pause)

(Man hört in der Ferne ein verwirrtes Getöse und erblickt den Schein von Fackeln)

**Räuber M.** (springt auf) Horch! Horch! Die Rache ruft! Sie kommen! (er wirft einen vollen Blick auf den Alten und schaut grimmiger auf)

(Fackeln sichtbarer. Der Lärm hörbarer. Wiederholte Pistolenschüsse)

K 5

Alte moor. Weh! Weh! Wes ist das wilde Getöse? —

Räuber M. (knieend, auf der andern Seite. Die Hände gefalten, mit Innbrunst) Hör' die Andacht des Mordbrenners, Rächer im Himmel! Mach' ihn unsterblich! Raff ihn nicht weg, bei'm ersten Streich! Mach' jeden Herzstos zu einem Labsal! — jeden Schwerdtstos zu einem Erquicktrunk!

Alte Moor. Weh! Weh! Was murmelst du, Frembling? — Fürchterlich! Fürchterlich!

Räuber M. Ich bete! —

(wilde Musik der kommenden Räuber von fern)

Alte Mooe. O so gedenk' auch meines Franzen in deinem Gebet!

Räuber M. (mit verbiss'nem Rasen) Ich gedenke sein.

## Siebenter Auftritt.

(Während einem Marsch,) Schweizer. (voran.) Grimm. Razmann. Rosinsky. Ein Zug Räuber. Franz von Moor, (Ketten schleifend, in der Mitte.) Herrmann. Vorige.

Schweiz. Triumph, Hauptmann! Hier ist der Bube. — Meine Ehre ist gelöst.

Grimm. Wir riſſen ihn aus den Flammen ſeines Schloſſes. — Seine Vaſallen ſind geflohn. —

Koſ. Sein Schlos hinter ihm iſt Aſche. Verſunken ſeines Namens Gedächtnis.

(Es erfolgt eine grauenvolle Pauſe)

Räuber M. (tritt langſam hervor. Zu Franz
mit dumpfer und gelaſſener Stimme) Kennſt du
mich?

Franz M. (ſteht, den Blick in den Boden gewur-
zelt; keine Antwort.)

Räuber M. (wie oben, indem er ihn zu ſeinem
Vater führt) Kennſt du dieſen?

Franz M. (taumelt durchdonnert zurück) Zer-
malmt mich, Donner des Himmels! Mein Vater!

Alte Moor. (wendet ſich bebend ab) Geh'! —
Gott vergebe dir! — Ich vergeſſe ....

Räuber M. (fürchterlich ſtrenge) Nein! Nein!
Mein Fluch hänge ſich tauſendpfündig an dieſe Bitte, und lähme ihren Fluch zum Erhörer! — Kennſt
du auch dieſen Thurm?

Franz M. (zu Herrmann, im Ausbruch der äuſ-
ſerſten Wuth) Ha, Schandbube! daß ich nicht all'
mein' Gift in dieſem Schaum auf dein Angeſicht gei-
fern kann! — O es iſt bitter! (weinend in die Ketten beiſſend)

Räuber M. (zu den Räubern) Genug! diesen Alten führt tiefer in den Wald. Zu dem, was ich jetzt thun werde, bedarf's keiner Vaterthränen.

Räuber. (führen den alten Grafen, der wie betäubt ist und noch immer nach Franzen zurück blickt, vom Schauplatz)

Räuber M. Näher, Banditen!

Räuber. (formiren einen halben Mond um die beiden, und hängen still und schauernd über ihre Flinten)

Räuber M. (in majestätischer Stellung) Ein Bevollmächtigter des Weltgerichts steh' ich da. — Einen Rechtshandel will ich schlichten, den kein Reiner schlichtet. — Sünder sitzen zu Gericht; ich, der grösseste, obenan! — Dolche sind die Loose! (er zieht seinen Dolch)

Franz M. (auf seine Kniee sinkend) Bruder!

Räuber M. (fährt zusammen) Ha! dieses Wort! — Er hat Recht. Seine Mutter war auch meine Mutter. — (zu Kosinsky und Schweizern) So richtet dann Ihr! (er steckt seinen Dolch ein und tritt tief gerührt auf die Seite)

Schweiz. (nach einer Pause) Steh' ich nicht da, wie ein Schulknabe, und zermart're mein Gehirn mit Erfindung? — So reich an Freuden das Leben, so arm an Qualen der Tod! (auf den

Boden stampfend; zu Kosinsky) Sprich du! ich erlahme.

Kos. Denk' an den Graukopf! Blick' seitwärts nach diesem Thurm und begeistre dich. Ich bin nur ein Schüler — Schäme dich, Meister!

Schweiz. (gleichsam erwachend) Recht! Recht! das ist's! — (verweilt noch einige Zeit nachdenkend) Wie? Frevelte er nicht an diesem Thurm? Richten wir nicht an diesem Thurm? Hinunter mit ihm! — In diesem Thurm verfaul' er lebendig!

Räuber. (beistimmend, mit Getöse) Hinunter! Hinunter! (sie stürmten alle auf Franzen zu)

Franz M. (springt seinem Bruder in die Arme) Rette mich von den Klauen der Mordbrenner! Rette mich, Bruder!

Räuber M. (sehr ernst) Du hast mich zu ihrem Fürsten gemacht! — (Franz stürzt erschrocken zurück) Wirst du mich noch bitten?

Räuber. (noch ungestümer) Hinunter! Hinunter!

Räuber M. (tritt zu ihm, edel und mit Schmerz) Sohn meines Vaters! Du hast mir meinen Himmel gestohlen. Diese Sünde sei dir genommen! — Fahr' in die Hölle, Rabensohn! — Ich vergebe dir, Bruder! (er umarmt ihn; — dann, indem er ihn von sich stößt, zu den Räubern) Herrmann sei auch sein Rabe! (er eilt vom Schauplatz)

(Franz M. wird hinabgestoßen. Wildes Hohnge-
lächter der Räuber)

Herrm. (tritt zum Thurm, und ruft hinunter)
Fahre wohl, Bastard! — So rächt sich Herrmann, dein Trauter!

Räuber M. (kömmt nachdenkend zurück) Es ist
vollendet! Lenker der Dinge, habe Dank! Es ist
vollendet! — (verweilt über einen großen Gedanken)
Wenn dieser Thurm wäre das Ziel gewesen, zu
dem du mich führtest auf blutvollen Wegen? —
Ewige Vorsicht! Hier schaudr' ich, — und bete an!
— Wohl, ich vertraue dir, und mach' Feierabend
am Ziel. Laßt mir den Vater kommen!

Einige Räuber. (gehn und bringen den alten
Grafen geführt)

Alte Moor. Wohin wollt Ihr mit mir? Wo
ist mein Sohn?

Räuber M. (mit Würde und Gelassenheit, ihm
entgegen) Planet und Sandkorn haben ihren ge-
meß'nen Platz in der Schöpfung. — Auch dein
Sohn hat den Seinen. Sei ruhig und setz'
dich!

Alte Moor. (bricht in Thränen aus) Kein Kind
mehr! Kein Kind mehr!

Räuber M. Sei ruhig und setz' dich!

**Alte Moor.** O der gutherzigen Barbaren! Aus dem Thurm reiſſen ſie einen ſterbenden Greis, ihn zu grüſſen: Deine Kinder ſind geſchlachtet! (knieend) O ich bitt' Euch! vollendet Eure Barmherzigkeit und ſtoſſt mich wieder hinunter!

**Räuber M.** (ergreift ſeine Hand mit Heftigkeit, und hält ſie mit Wärme gen Himmel) Läſtre nicht, alter Mann! Läſtre den Gott nicht, vor dem ich heut freudiger betete. (ſanfter und gefaſſt) Sprich! Wo würdeſt du Worte finden, ihm Abbitte zu thun, wenn er dir heut einen Sohn getauft hätte.

**Alte Moor.** (bitter) Tauft man heute mit B l u t?

**Räuber M.** Wie ſagſt du? Ja, Alter! Auch mit B l u t kann die Vorſicht taufen. Mit B l u t hat ſie d i r heute getauft. — Ihre Wege ſind ſeltſam und fürchterlich; — aber Freudenthränen am Ziel!

**Alte Moor.** Wo werd' ich ſie weinen?

**Räuber M.** (der ihm in die Arme ſtürzt) Am Herzen deines K a r l s!

**Alte Moor.** (im Ausbruch der höchſten Freude) Mein Karl l e b t?

**Räuber M.** Dein Karl l e b t! — Dir voraus geſandt, zum Retter! zum Rächer! — So lohnte dir! dein begünstigter Sohn! (auf den Thurm zeigend) — So rächt sich dein verlorner Sohn! (er drückt ihn an die Brust)

Räuber. (kommen herzu) Man hört Volk im Walde!

## Achter Auftritt.

Amalia, (mit fliegenden Haaren. Die ganze) Bande (folgt ihr, und sammelt sich im Hintergrunde der Bühne.)

Amal. Die Todten, schreit man, sey'n erstanden auf seine Stimme. — Mein Oheim lebendig aus diesem Thurm! — Karl! Oheim! wo find' ich sie?

Räuber M. (zurückbebend) Wer bringt dies Bild vor meine Augen?

Alte Moor. (rafft sich zitternd auf) Amalia! Meine Nichte! Amalia!

Amal. (stürzt dem Alten in die Arme) Dich wieder, mein Vater? — und meinen Karl? — und alles?

Alte Moor. Mein Karl lebt. — Du! — ich! — Alles!

Amal. (entspringt dem Vater, und eilt auf den Räuber zu, den sie voll Entzücken umschlingt) Ich hab' ihn! Ich hab' ihn!

Räuber M. Reißt sie von meinem Halse! — Tödtet mich!

Amal. Du rasest! Ha! vor Entzückung!

Alte Moor. Kommt, Kinder! Deine Hand, Karl! — Deine Amalia! — Ich will sie zusammenfügen auf ewig!

Amal. Auf ewig! Auf ewig!

Räuber M. (losgerissen von Amalien) Weg! Weg von mir! — Unglückseeligste der Bräute! Unglückseeligster der Väter! Laßt mich fliehn!

Amal. Wohin? Wohin? (schlingt die Arme um ihn)

Alte Moor. (sinkt erblaßt zurück) Mein Sohn flieht!

Räuber M. Zu spät! Vergebens! — Dein Fluch, Vater! — Frag' mich nichts mehr! — Ich bin's, ich habe... Dein vermeinter Fluch!... (in äußerster Wuth) Ha! Wer hat mich hergelockt? (mit gezog'nem Degen auf die Räuber losgehend) Wer von Euch hat mich hieher gelockt, Ihr Kreaturen des Abgrunds? (allmählig gefaßter) Nun dann! Nun! — Vergeß' Amalie! Stirb, Vater!

L

Stirb zum zweitenmal durch mich! Diese deine Retter sind Räuber und Mörder! Dein Sohn — ist ihr Hauptmann!

Alte Moor. Gott! Meine Kinder! (er sinkt sinnlos nieder. Pause)

Herrm. (vor sich) Mich jammert des Greises. Der Tod allein kann seinen Jammer enden. Wohl! es sei denn! — (näher zum alten Moor) Wisse: Franz, der Begünstigte, — Franz, der Gerichtete, (zeigt auf den Thurm) — war nicht dein Sohn; — ist Bastard.

Räuber M. (mit starrem Erstaunen) Wie? Was?

Herrm. (schlägt einen Brief auseinander, und hält ihn dem alten Moor hin) Hier das Bekenntnis deiner Gattin! Und nun — keinen Tropfen mehr im Kelch deiner Leiden! Stirb! (wirft den Brief hin, und eilt hinaus)

Alte Moor. (fällt in Verzuckungen)

Räuber M. (ließt in dem Brief und zerreißt ihn schnell) Mutter! Mutter! so sei deine Schuld vor dem Himmel vernichtet! — O mein Vater!

Alte Moor. (erholt sich wieder auf einige Augenblicke) Gott! (er verfällt aufs neue in Zuckungen, und stirbt)

Amal. (hält eine' seiner Hände, und liegt starr neben ihm auf den Knie'n)

Die ganze Bande. (in fürchterlicher Pause)

Räuber M. (stand lang', in den Anblick des sterbenden Vaters versunken. Jetzt schlägt er sich vor die Stirn, und läuft rasend wider eine Eiche) Die Seelen derer, die ich erdrosselte im Genus der Liebe — derer, die ich zerschmetterte im heiligen Schlaf — derer ʃʃ Hahaha! Hört Ihr den Pulverthurm knallen über dem Stuhl der Gebährerin? Seht Ihr die Flammen lecken an den Wiegen der Säuglinge? Ha! das ist Brautfackel! das ist Hochzeitmusik! — O er vergißt nicht! — er weis zu mahnen! Darum von mir, Wonne der Liebe! Von mir, Freude des Lebens! Das ist Vergeltung!

Amal. (noch knieend) Schrecklich! Schrecklich! — Herrscher im Himmel! Aber was hab' ich gethan? ich unschuldiges Lamm! Ich hab' diesen geliebt!

Räuber M. O das ist mehr, als ein Mann erduldet. Wie aber? Sollt ich jetzt erst beben wie ein Weib? Beben vor einem Weibe? Nein! — Blut! Blut! Es wird vorüber gehn. Blut will ich saufen. — (er will davon)

Amal. (springt auf, und fällt ihm in die Arme) Mörder! Teufel! Ich kann dich Engel nicht lassen.

L 2

Räuber M. Haſt du vergeſſen? — Was iſt das? Will die Hölle ihr ſataniſches Kurzweil mit mir treiben? — Seht hieher! Seht! Sie liebt mich mit all' meinen Sünden! (in Freude geſchmolzen) Die Kinder des Lichts weinen am Halſe begnadigter Teufel! — Ich bin rein! — bin glücklich! (er verbirgt ſein Geſicht an ihrem Buſen. Eine Gruppe voll Rührung. Kurze Pauſe)

Grimm. (hervortretend) Halt' ein, Verräther! Gleich las dieſen Arm fahren, — oder ich will dir ein Wort ſagen, daß dir die Ohren gellen und deine Zähne vor Entſetzen klappern!

Schweiz. (ſtreckt das Schwerd zwiſchen beide)

Grimm. Denk' an die böhmiſchen Wälder! Hörſt du? Hubſt du da nicht deine Hand zum eiſernen Eid auf, ſchwurſt, uns nie zu verlaſſen, wie wir dich nicht verlaſſen haben? —

Räuber. (durcheinander, reiſſen ihre Kleider auf) Schau her, ſchau hieher! Kennſt du dieſe Narben? Du biſt unſer! Mit unſerm Herzblut haben wir dich zum Leibeig'nen gekauft. — Fort! Fort! mit uns! Opfer um Opfer! Liebe um Treue! Ein Weib um die Bande!

Räuber M. (läſſt Amalien fahren) Es iſt aus! — Ich wollt' umkehren und zu meinem Vater gehn; aber der im Himmel sagt: Nein! — Kommt, Kameraden! (er dreht sich nach der Bande)

Amal. (wirft sich ihm in den Weg) Halt! Mich auf's neu' verlassen? — Nein! Nein! Zieh' den Degen und erbarm' dich!.

Räuber M. Das Erbarmen ist in die Bären gefahren. Ich tödte dich nicht!

Amal. (seine Knie' umfassend) O um Gottes willen! um aller Erbarmungen willen! Ich will ja nicht Liebe mehr. — Tod ist meine Bitte nur! Zieh' den Degen, und ich bin glücklich.

Räuber M. Willst du allein glücklich seyn? Fort! Ich tödte kein Weib!

Amal. Ha! Würger! Du kannst nur die Glücklichen tödten, die Lebenssatten gehst du vorüber. (flehend gegen die Bande) So erbarmt Ihr Euch meiner, Schüler des Henkers! Es ist ein so blutdürstiges Mitleid in Euren Blicken. Drückt ab! — Euer Meister ist ein feigherziger Prahler!

(einige Räuber zielen)

Räuber M. (ausser Fassung) Zurück, Harpyen! (er tritt mit Majestät dazwischen) Wag' es einer, in mein Heiligthum zu brechen! Sie ist mein! (indem er sie mit den Armen umfasst) Und nun zieh' an ihr der Himmel! die Hölle an mir! (er hebt

L 3

ſie hoch auf, und ſchwingt ſie in dieſer Gruppe gegen
die Bande) Was die Natur an einander ſchmiedet,
— wer wird es ſcheiden?

Räuber. (ſchlagen an) Wir!

Räuber M. (läſſt Amalien halb entſeelt auf den
Stein nieder; dann entſchloſſen) Halt! — Moor's
Geliebte ſoll nur durch Moor ſterben! (er
ſtürzt auf Amalien zu, und ſtöſſt ſie mit dem Dolch nieder)

Räuber. (klatſchen lärmend in die Hände) Bravo! Bravo!

Grimm. Das heiſſt ſeine Ehre löſen, wie ein
Räuberfürſt!

Räuber M. (ſtellt ſich vor Amalien und bewacht
ſie, mit ausgeſtrecktem Degen) Nun iſt ſie mein! —
Mein! — Oder die Ewigkeit iſt die Grille eines
Dummkopfs geweſen. Eingeſeegnet mit dem
Dolch, hab' ich heimgeführt meine Braut. (zärtlich
zu Amalien) Und nicht wahr, er muß ſüs geweſen
ſeyn, der Tod von Bräutigams Händen? Nicht,
Amalia?

Amal. (ſterbend im Blut) Süs! (ſie ſtreckt ihre Hand aus und ſtirbt)

Räuber M. (zu der Bande, mit Majeſtät) Nun,
Ihr erbärmlichen Gellen! So hoch ſchwindelte doch
Eure Schurkenforderung nie? Ein Leben habt Ihr
mir geopfert, das ſchon verfallen war, — ein Leben

voll Abscheulichkeit und Schande. — Ich
hab' Euch einen Engel geschlachtet (wirft den Degen
mit Verachtung unter sie) Wir sind quit, Banditen!
— Ueber dieser Leiche liegt meine Handschrift zerrissen.

Räuber. (drängen sich hinzu, ihm Hand und
Rock zu küssen) Deine! Leibeig'nen wieder bis in
den Tod!

Räuber M. Nein! Nein! Nein! Leise flü-
stert's mein Genius: "Geh' nicht weiter,
Moor, hier ist der Markstein des Menschen, — und der deine." Nehmt ihn zurück
diesen blutigen Busch! (er reißt seinen Busch vom
Huth, und wirft ihn auf die Erde) Wer Lust hat
Hauptmann zu seyn nach mir, mag ihn aufheben.

Grimm. Ha, Muthloser! wo sind deine hochfliegenden Plane! Sind's Seifenblasen gewesen,
die bei'm Todesröcheln eines Weibes zerplatzten?

Räuber M. (mit Würde) Untersucht nicht, wo
Moor handelt; das ist mein letzter Befehl. —
Kommt! Schließt einen Kreis um mich, und ver-
nehmt das Testament Euers sterbenden Hauptmanns!
(er heftet einen verweilenden Blick auf die Bande)
Ihr seid treu an mir gehangen; — treu ohne Beispiel. — Hätt' Euch die Tugend so vest verbrüdert,
als die Sünde: — Ihr wär't Helden worden, und

L 4

die Menschheit spräch' Eure Namen mit Wonne.
Geht hin, und opfert Eure Gaben dem Staat.
Dient einem König, der für die Rechte der Menschheit streitet. — Mit diesem Seegen entlas ich Euch!
(zu Schweizer und Kosinsky) Ihr bleibt!

(Die übrigen Räuber gehn langsam und bewegt
von der Bühne)

## Neunter Auftritt.

### Räuber Moor. Schweizer. Kosinsky.

**Räuber M.** Gieb mir deine Rechte, Kosinsky!
Schweizer, deine Linke! (er nimmt ihre Hände und
steht mitten zwischen beiden; zu Kosinsky) Du bist
noch ein junger Mann, — unter den Unreinen der
einzige Reine! (zu Schweizern) Tief hab' ich diese
Hand getaucht in Blut. — Ich bin's, der's gethan
hat. Mit diesem Händedruck nehm ich zurück, was
mein ist. Schweizer! Du bist rein. (er hält ihre
Hände mit Inbrunst gen Himmel) Vater im Himmel! Hier geb' ich sie dir wieder! — Sie werden
wärmer an dir hangen, als deine Niemalsgefallenen.
Das weis ich gewis.

**Schweiz. und Kos.** (fallen sich von beiden Sei-
ten herüber um den Hals)

Räuber M. Jetzt nicht, — nur jetzt nicht, meine Lieben. Schon't meines Muths in dieser richtenden Stunde. — Eine Grafschaft ist mir heut' zugefallen; — ein Schatz, worauf noch kein Fluch den Harppenflügel schlug. Theilt sie unter Euch, Kinder! Werdet gute Bürger, und wenn Ihr gegen zehn, die ich zu Grund' richtete, nur Einen glücklich macht, so wird meine Seele gerettet. — Geht! — Kein Lebewohl! — Dort sehn wir uns wieder, — oder auch nicht wieder. — Fort! Fort! eh' ich weich werde!

(beide entfernen sich mit verhüllten Gesichtern, bleiben aber im Hintergrund der Bühne)

Räuber M. (allein; nach einer Pause, sehr heiter) Und auch ich bin ein guter Bürger! — Erfüll' ich nicht das entsetzlichste Gesetz? Ehr' ich es nicht? Räch' ich es nicht? — Ich erinn're mich, einen armen Schelm gesprochen zu haben, als ich herüberkam, der im Taglohn arbeitet und eilf lebendige Kinder hat. — Man hat tausend Dukaten geboten, wer den grossen Räuber lebendig liefert. Dem Mann kann geholfen werden! (will ab)

Schweiz. (der ihn mit ausgebreiteten Armen aufhält) Halt! Wohin da? Bei Gott, Moor! Du sollst keinen Schritt von hier. Was wär' mir Segen und Seligkeit ohne dich? — Kosinsky! geh'!

vollzieh' deines Hauptmanns Teſtament! Verlas
uns!

Roſ. (ſcheint unentſchlüſſig)

Schweiz. (dräuend) Geh' dieſen Augenblick,
ſag' ich!

Roſ. (geht ab, indem er noch einigemal traurig zu-
rückblickt)

Schweiz. (wendet ſich wieder wehmüthig zu
Moor) Armer, guter Hauptmann! Du auf dem
Rade? Du unter Henkers Händen? — (mit
ſchrecklichem entſchloſſenen Ton) Nein! Nein! Nein!
Frei lebte Moor, — frei mus Moor ſterben!
(Pauſe. Dann führt er ihn weiter vor) Sieh mich
ſtarr an, Moor! Aug' in's Aug'! — So! —
Steht dein Entſchlus veſt, unerſchütterlich veſt?

Räuber M. So gewis ich verdammt bin!

Schweiz. (zieht ſeinen Dolch, und durchſtöſſt ihn)
Wohlan! So ſterbe denn Moor durch Schweizer! —
(den Dolch gegen ſich ſelbſt) Und Schweizer mit ihm!

Räuber M. Halt! (taumelt kraftlos auf ihn zu,
entwindet ihm den Dolch und wirft ihn weit von ſich.
Dann, indem er die Arme um ihn wirft) Ich danke
dir, Bruder! (er ſinkt zu Boden) Vater! — Amalia! — Schwei—zer!

(er ſtirbt. Der Vorhang fällt.)

Ende.